世界动物小说
冰海漂流的水獭

[日]草山万兔 著 [日]金尾惠子 绘

孙雅甜 译

目录

桦树林的清泉 …………………………… 7

恋爱季节 ………………………………… 17

筑巢 ……………………………………… 23

睁眼啦! …………………………………… 33

巢穴外面处处是危险 …………………… 39

第一次吃鱼 ……………………………… 47

挑战捉鱼 ………………………………… 59

目标是绿头鸭 …………………………… 71

雪兔的神奇之处 ………………………… 78

战斗的雪兔 ……………………………… 87

与太平洋鲟的战斗 ……………………… 95

永别了，奥福特！	104
新起点	111
挑战大海	126
大海开始结冰了	138
生命要靠自己来守护	146
跳跳遭到虎头海雕袭击	155
极光闪现之后	162
没有人帮你	170
冰下的精灵们	178
成了孤身一人	190
被冰窟窿救了	197
看见陆地了！	205

| 关于日本水獭 | 213 |

露兹感到有一股莫名的热量在体内燃烧起来了。她抬起头,睁大眼睛,凝视着这片银白色的世界。

驼鹿

桦树林的清泉

森林在呜呜地呼啸着,夹杂着雪和冰的暴风雪猛烈地吹着,森林里的树木剧烈地摇动着,发出阵阵悲鸣。"咔吧咔吧""嘎吱嘎吱"——这是树枝被风折断发出的声音。天空阴沉沉的,仿佛注满了铅,灰色的雪片从天空中倾泻而下,压在森林上。

桧树和冷杉那厚厚的树冠形成了一道绿色墙壁,漫天大雪经过这道墙壁的阻拦,到了森林里已经变成了细细的雪粒。不过,有时会突然刮起一阵疾风,从树木间呼啸而过，寒冷刺骨。

在一棵巨大的黄檗树的根部，露兹正躺在巢穴中，一边听着风的呼啸声和森林的悲鸣，一边打着盹儿。暴风雪肆虐的时候，最好的办法是乖乖地待在安全的地方，直到风暴结束。这是露兹经过了几个冬天以后得到的经验。

暴风雪是冬天的常客，习惯了就没什么可怕的了。不过，有时晴朗的天空会突然阴下来，转瞬间风暴就会降临。若是放松了警惕，跑到没有树木遮挡的空旷地带，一旦遭遇这种天气突变，处境就会很危险。

露兹是一只七岁的雌性水獭，现在正是精力旺盛的壮年期。她从头部到臀部的体长是六十厘米，尾巴不足四十厘米长，体格较小。不过她浑身长着有光泽的栗色短毛，是一只充满朝气的肌肉发达的美丽雌性。

露兹居住的斯佩特拉河是阿穆尔河的一条支流，位于阿穆尔河河口上游一百公里处。阿穆尔河这条大河发源于蒙古高原，流经中国与俄罗斯的边境，最终汇入鄂霍次克海。入海口恰巧位于库页岛和鞑靼海峡的北端。

"啪飒啪飒"，沉闷的声音在森林的四处响起。暴风雪似乎已经停了。那是大树上的积雪一团一团往下掉的声音。

露兹还在昏昏欲睡，那声音听起来仿佛来自梦里。

必须等到树枝上的积雪啪嗒啪嗒掉落一阵子以后才能到外面去，否则会很危险。外面寒冷彻骨，气温足足有零下三十摄氏度，积雪会迅速冻结成冰块。如果被落下的冰块砸中，说不定连命都没了。很小的时候，露兹曾经有过一次这样的遭遇，吃一堑长一智，现在她已经明白必须等积雪掉落的声音消失以后才能出去，在这之前她只能老老实实地在窝里等候。

露兹感到有一股莫名的热量在体内燃烧起来了。她抬起头，睁大眼睛，凝视着这片银白色的世界。

森林里的树木刚刚熬过了一场猛烈的暴风雪，现在它们仿佛要抚慰自己的疲惫一般，全都披上了银装，静静地矗立着。

整个森林就像一个失去了指挥家的交响乐团，小提琴、小号、鼓等乐器各行其是，拼命发出自己的声音，突然又像商量好了似的戛然而止。一切声音都消失了，森林笼罩在不可思议的宁静之中。

露兹突然从巢穴里跳了出来。

细雪像烟尘一般飞舞起来，露兹在雪中尽情地跳跃着、翻腾着，四处撒欢儿、打滚儿。

身体里燃起的那团火加速了心脏的跳动，甚至连胃、肠这些内脏都渐渐变得热乎起来了。露兹知道，每年一到一月底，身体就开始莫名其妙地发热，躁动不安。这是因为恋爱的季节来临了。

露兹在雪中给身体降了降温，便精神抖擞地向着湿地的清泉跑去了。

大地与河流被冰雪覆盖，静静地沉睡着。不过，在一大片白桦林中，却有一汪温暖的清泉正汩汩流淌。即便是冬天，泉水也不会结冰，缓缓流出的泉水汇成了一个池塘。一条小溪从池塘里流出，注入附近的斯佩特拉河。不过因为现在是冬天，溪水只有十米长，水流全都渗入了积雪覆盖的大地。

露兹站在桦树林清泉的泉水边，向水中张望。和露兹尾巴一样长的鱼在水中飞快地游来游去。

这里是露兹的渔场。冬天对于水獭来说是个难熬的季节。水獭的主要食物是河里的鱼，所以在河流冻结的冬天，他们的食物来源就会减少。不过，露兹有这片桦树林清泉。这里生存着好几种鱼类，填饱肚子不成问题。

露兹用锐利的目光一动不动地注视着水中。她并不太饿。那些小鱼她才不会看在眼里，她的目标是大鱼。

露兹焦躁起来。这是一阵莫名其妙的焦躁，露兹感到心烦意乱。

一只库页岛哲罗鱼——足足有露兹的身体那么大——从沉在水底的枯木下面游了出来。哲罗鱼扭动着身躯，银色的腹部闪了一下。就在这时，露兹猛地跳起来扑了过去，灵巧地将鱼衔在了嘴里。一击命中目标通常是很难得的，露兹很满足。

露兹将库页岛哲罗鱼放在结了冰的石头上，用前爪和嘴牢牢地按住挣扎的鱼，迅速松开嘴，随即又一下咬住鱼头根部。这里是鱼的要害部位——延髓。只要咬断这里，鱼会立刻瘫软下来。这是露兹从长年的经验中学习到的。

露兹用力将鱼的头部和躯体撕开，只吃了一点鱼肉，便将哲罗鱼扔进了泉水中。清澈的蓝色泉水被染红了，哲罗鱼慢慢地漂走了。

露兹一开始就没想吃鱼。她只是想要通过捕获大型猎物这个行为来平复心中越来越强烈的攻击倾向。干脆利落地解决掉库页岛哲罗鱼的快感让露兹心情大好，她开始朝森林的方向返回。

走到距离泉水三十米远的地方，露兹突然停住了脚步，竖起了小小的耳朵。"那个声音是……？"从泉水方向传来微弱的响声。

森林中居住着各种动物。那个声音如果是松鼠或鹿发出的，倒是没什么可担心的，可要是狼或貂熊，就不能大意了。露兹仍旧站在原地，动用五感观察着情况。这时，她忽然闻到了一阵奇怪的味道——水獭的嗅觉十分灵敏。露兹高高昂起头，抽动着鼻子。

"跑到泉水边的家伙究竟是谁呢？"嗅觉捕捉到的气味是水獭的气味。露兹钻进白雪覆盖的灌木丛中，悄悄地再一次靠近清泉。

　　泉水上方有一块微微突出的岩石，露兹看到一只年轻的雌性水獭正站在上面。那只雌性水獭将头压得很低，腰部高高翘起，正在瞄准泉水里的鱼。

　　那是一只她没见过的年轻雌性，年龄在三至四岁，是一只身材苗条、毛色好看的漂亮姑娘。

　　水獭并不是群居动物。幼崽在刚进入青年期时离开母亲踏上旅途，寻找可以独自生活的地方。这只年轻水獭一定是正在旅行的途中。在白雪皑皑的冰天雪地中，她发现竟然有这样一汪汩汩喷涌的碧蓝的清泉，心中想必是欢喜得不得了。而且泉水里还有鱼，若是在这里定居下来，一定是个可以居住一生的乐园。

　　年轻雌性一直盯着水面，仿佛看得入了迷。突然，她像是被什么吓到了似的，猛地抬起头，有些不安地看了看四周。她感觉到某种动物正在靠近。

　　"吧嗒！"树枝上的积雪落了下来，发出沉闷的声音。这一声就像是某个暗号，紧接着，大大小小的雪块接连不断地落下来，树木之间挂上了一张张雪帘。

　　露兹将身体靠在大树的树根上，以躲开那些掉落的雪块。

　　雪帘停了。这下露兹看清了年轻雌性的样子。幸好露兹躲在下风向，年轻雌性闻不到她的气味。

　　真是个身材苗条的美人儿，露兹心想。露兹想起了自己也曾在她这个年纪出来流浪，寻找栖身之地。可是，现在不是沉浸在甜美感伤回忆里的时候。年轻水獭一定也想在这里安家。如果吃到了泉水里的鱼，她就会明白住在这里是多么舒服，到那时就会更加舍不得这眼泉水了。如果不尽早把她赶走，事情会变得越来越棘手。

露兹转了一个大圈，从覆盖着白雪的灌木丛后面探出头来。"咿——咔嗯！"她大叫着发出威吓的声音，狠狠瞪着年轻雌性。

年轻雌性正盯着在水底游来游去的鱼看得入迷，被露兹的突然袭击吓了一跳，不由得跳了起来，在空中打了个滚儿之后与露兹正面相遇了。

犀利得足以刺穿对方心底的目光令年轻雌性畏缩了。愤怒像热气一样从露兹肌肉发达的身体中发散出来，就连冻结的空气甚至都为之颤抖。

只一瞬间，年轻雌性就明白自己绝不是露兹的对手。她迅速将视线移向一旁，稍稍低下头，很直率地表示自己没有战斗的意思。

年轻雌性若无其事地站起身来，仿佛在说："我什么都不知道。"然后便倏地一下从岩石上消失了。

露兹躺在年轻雌性曾坐过的岩石上，俯视着鱼儿在清澈的泉水中游曳。

露兹十分满足。就在刚才，她清楚地认识到自己的力量丝毫没有减弱。"我决不会把这眼清泉拱手相让的。"这个强烈的念头像泉水一般涌上了心头。

　　露兹的巢穴位于斯佩特拉河岸边。若是将巢穴筑在桦树林清泉的岸边，捕起鱼来会很方便。可是有时棕熊会来捉鱼，狼会来饮水，遇上他们会十分危险。所以露兹只是把这里当作渔场，巢穴则安在了别处。

　　露兹走进森林，加快了回家的脚步。松鼠可爱的脚印、乌鸦留下的三根脚趾的足迹都印在了白雪覆盖的大地上。无论多么归心似箭，露兹还是会一边分辨动物留下的足迹一边前行，这已经成了她的习性。

　　不知什么时候就可能遇上凶残的貂熊或狼。她若是在水中，就能够轻易地甩掉他们逃跑了。若是在森林里，就要尽量避开那些可怕的动物，这是在森林中行走时最重要的法则。

　　"咯吱，咯吱。"传来一阵重重的踏雪的声音。露兹迅速躲在一棵大桧树的树根后面，竖起了耳朵。那沉稳从容的步伐告诉她，一只体形巨大的动物正迈着大步走过来。

　　透过冷杉树丛，露兹看到了一个庞大扁平的茶褐色身躯。一头足足有马那么大的巨大的雄性驼鹿踩着地上的积雪，不紧不慢地从她面前走了过去。驼鹿那长长的鼻头向前探出，脖子下方垂着一个被称作颔囊的巨大肉柱，随着驼鹿的行进晃来晃去——这样的身姿有着压倒一切的气势。

　　最让露兹感到不可思议的是，每年的十一月底到十二月期间，雄性驼鹿的角就会脱落。这片森林里也有马鹿和獐鹿，可是驼鹿的角与他们的角都不同，驼鹿的角实在是大得不得了。那巨大的犄角枝蔓纵横，形状就像人摊开的手掌。长着这样一对大角的驼鹿，当真是威武雄壮。

　　可是现在，犄角脱落之后的驼鹿的样子却有些滑稽，简直是一副寒酸相。驼鹿像是被什么东西追赶一般，匆匆忙忙地钻进了茂林深处。

红点鲑

恋爱季节

二月的东西伯利亚,每天都很难熬。暴风雪肆虐,在零下三十摄氏度的严寒中,身体几乎要冻僵了。不过,最痛苦的事情是食物的匮乏。暴风雪若是连续下上几天,饥饿足以令动物们发狂。

露兹被暴风雪困在洞里已经三天了,今天她终于能够出来了。她已经饿得头晕眼花,摇摇晃晃地沿着河岸行走,突然发现一个鲑鱼头滚落在雪地里——是棕熊吃剩下的。

河流被冻得硬邦邦的，自然是不能到河里抓鱼了。那么这条鲑鱼是从哪里来的？是从积雪下面挖出来的。

秋天时，会有大量的鲑鱼和鳟鱼从海里洄游到河里。斯佩特拉河也会出现数量庞大的鲑鱼和鳟鱼。雌鱼产卵，雄鱼将精液注入鱼卵中后，雌鱼和雄鱼都会死去，于是河里便挤满了无数的死鱼。

许多死鱼会顺着河水漂到下游，有些则会被冲到岸上。冲上岸的死鱼会渐渐被大雪掩埋，所以岸边的积雪下面埋藏着许多冰冻的鲑鱼和鳟鱼。

不过，这些鱼并非哪里都有。况且埋在深深的积雪下面，找到死鱼并不是一件容易的事。仅凭露兹的力量是很难发现的，不过棕熊就另当别论了。棕熊有着又长又粗的臂膀，而且力大无穷，一旦发现某个地方有鱼便会用力刨开积雪，挖出埋在下面的鲑鱼。所以，与其自己动手把时间都浪费在挖雪上，还不如去捡棕熊吃剩的食物——这才是聪明的做法。

露兹啃了一会儿冻得硬邦邦的鱼头，还是想吃新鲜的活鱼，于是便决定去桦树林清泉一趟。

快到白桦林时，露兹忽然听到了类似低沉的笛子声的声音。露兹忽然感到心中一阵躁动。那是一阵甜蜜的波动，让露兹欣喜不已。

露兹知道那个声音是谁发出来的。一定是某只雄性水獭察觉到露兹正在靠近，便发出叫声呼唤她。从这个又粗又洪亮的声音判断，对方应该是一只体格健壮的壮年雄性。

穿过一片茂密的榛树林，快要抵达桦树林清泉时，露兹发现一只雄性水獭正坐在一棵倒在地上的巨大红松上。和露兹预想中的一样，对方体格壮硕，毛色油亮，是个美男子。

看第一眼时，露兹确实承认这是只不错的雄性。露兹对他产生了好感，不过她不准备立刻把这种好感表现在行动上。在发情的雄性水獭中，有的水獭会变得具有强烈的攻击性。以前，露兹便遇到过这样的雄性，有过一段很糟糕的经历。那只雄性似乎会从彻底虐待对方中获得快感，露兹被他咬得遍体鳞伤。

水獭没有固定的发情期。不过每年的二月到三月，是一年中发情最厉害的恋爱季节。雄性为了寻找合适的交配对象，开始四处游荡，有些雄性甚至会跑去很远的地方。也有些雌性按捺不住体内燃烧的爱情火焰，不惜远行去寻找雄性。发情的雄性变得易怒、暴躁，有时会有很强的攻击性，态度粗暴，甚至会严重伤害到雌性。

为了寻找配偶到处流浪的雄性水獭帕金来到了桦树林清泉，在这里他嗅到了雌性水獭的气味。水獭为了明确自己的势力范围，会从尾巴根部的臭腺释放出分泌液，标记在树木或倒木上。这是一种做记号的行为。水獭的分泌液有一股浓烈的麝香味。帕金就是闻到了这种味道，知道附近有雌性居住。

露兹在泉水的另一边，小心翼翼地凝视着帕金。帕金翻起上唇，露出洁白的牙齿，并不作声，只是一圈一圈地转着脑袋。人类若是看到了他的行为，一定以为这只水獭在笑。可实际上，这是一种向对方示好的行为——你好！交个朋友吧！

随后，帕金发出低沉诱人的笛声般的声音，向露兹发出呼唤。露兹也发出"咻咿——克呜"的尖叫声，回应道：嗯，那就一起玩吧。

露兹跳进清泉。帕金也紧跟着跳了进去，与露兹并排游了起来。

露兹将前爪放在肚子上，将后腿向后伸展，用力左右摇晃着尾巴，全速在泉水中游来游去。帕金也不甘示弱，紧紧跟着露兹。黄昏的水面激起一圈圈灰色的波纹，远远望去，就像有两条将头露出水面的大蛇在水里游泳。

露兹张开长着蹼的两只前爪，在水里划了几下，掉转头，向相反方向游去。帕金也迅速掉转身追了上去，然后嗖地一下游到了露兹的前方。

"还挺厉害嘛，这个家伙挺有前途。"露兹心想。两只水獭在泉水中转着圈嬉戏着。

游累了之后，他们便亲昵地躺在倒木上休息。

帕金轻轻咬了一下露兹的脖颈，又开始舔她的脖子和后背,为她梳理起毛发来。当舔到脸时,露兹觉得有点痒,不过帕金柔软的舌头舔在脸上很舒服,露兹几乎要睡着了。

帕金张开嘴,在露兹的脖子上轻轻咬了一口。迷迷糊糊的露兹产生了错觉,以为帕金向她发起了攻击,突然咬住了她的脖子。

露兹一下跳起来,前爪打在帕金的脸上,发出"咿——克咿啊嗯!"的愤怒叫声:你在干什么!弄疼我了!

帕金吃了一惊,迅速向后退去,可很快又发动了反击,一口咬住了露兹的后背。接着,帕金从倒木上滑落下去,钻进水面。

帕金在泉水中游了一会儿,捉了一只红点鲑,爬上了倒木。他口中衔着红点鲑走向露兹,把鱼献给露兹,意思是:来,吃吧!

露兹把脸扭向一边。刚才被帕金咬过的后背还在隐隐作痛,她根本没心情接受帕金的鱼。

帕金没有放弃,试着把鱼扔到了露兹面前。可是露兹连看都不看一眼。帕金再次捡起鱼献到露兹面前,然后一遍又一遍地重复这个动作:刚才是我不对。别生气了,快高兴起来吧!这条鱼是我向你赔罪的礼物,请收下吧!帕金为了吸引露兹的注意,使出浑身解数拼命讨好。

帕金的殷勤让露兹有些动心了。不过她还想再捉弄捉弄帕金，让他多着急一会儿，便做出一副漠不关心的样子，径自跳进水里去了，仿佛在说：随便你。

帕金自然是立刻追了上去。帕金像是要安慰露兹，又像是撒娇一般，跟在露兹身边，时不时凑过身去紧贴着露兹。露兹的气渐渐消了，和帕金肩并肩游了起来。她还接受了帕金叼来的红点鲑。这比冻得硬邦邦的死鱼不知要好吃多少倍呢。

露兹和帕金轻轻地相互撕咬着、纠缠着，在已经暗下来的水中玩耍嬉戏。帕金轻轻咬住露兹的脖子，用力将身体推了过来。露兹躺下来接受了他，两只水獭的身体紧紧贴在了一起。

雪块从松树枝头落下，啪的一声掉在水面上，摔碎了。一对儿鹈鸪被这声音惊到了，"唧唧"地叫着飞走了。

毛腿渔鸮

筑巢

四月将近的时候,银白色的冰雪世界里也出现了些许春天来临的气息。春榆和钻天柳坚硬的冬芽微微凸起,带上了淡淡的红色。熊鹫啄树的声音也仿佛在催促着悄悄走来的春天的脚步,听起来是那么欢快。

露兹有些心烦意乱。她用嘴捡起一小段枯枝,轻轻甩了甩脑袋走了几步,然后将树枝嗖地抛向空中。她跑到一棵椴树的树根前,用牙齿撕下一块树皮。

露兹的肚子里,小宝宝在蠕动。虽然不知道有几只,但露兹还是能感觉到他们在肚子里的呼唤。宝宝们在肚子里伸着小脚丫,仿佛在说:"我们马上就要出生啦!妈妈你看,大家都可精神了!"

他们都是帕金的孩子。水獭的恋爱关系一旦确定下来,雄性和雌性有时会共同生活一段时间。有的夫妇会一起生活好几个月,不过露兹像是要赶帕金走似的,很干脆地就和他分手了。以前她曾经和一只坏心眼儿的雄性水獭一起生活,吃了不少苦头,直到现在还心有余悸。所以她想避开和雄性一起生活的那些麻烦事。

露兹向前弯腰,舔了舔肚子上的白毛,像是在疼惜腹中的婴儿。宝宝们立刻做出回应,微微颤动起来。

"咕咕咕!"传来一阵沉闷的声响,接着便是什么东西被撕裂的嘎吱嘎吱声。结冰的河流开始融化了。春天来了,河流也从沉睡中醒来,准备开始流动了。"不能再磨蹭了,得赶快开始筑巢了。"

露兹站起身来,环顾四周,跑到一棵高大的白桦树的树根下。

在白桦树倾斜的树干上,堆积了许多枯叶。露兹一口将枯叶叼在嘴里。这是她用来筑巢的材料。干枯的树叶是筑巢必不可少的材料,不过因为树叶都被埋在积雪下面,想把它们挖出来并不容易。即便挖出来了,也都结了冰变得硬邦邦的了,要是把这些上了冻的树叶搬回窝里,一旦融化就会把窝里弄湿。所以露兹需要的是干燥的枯叶，可是干燥的枯叶并不好找，需要耗费大量的时间和体力。她只能在树根的窟窿里、倾斜的树干下面和巨大倒木的背阴处寻找。

而且，决定筑巢的地点也是一项重大工作。必须离河近，安全，而且舒适。等孩子们渐渐长大，需要在河里练习游泳和捉鱼，所以首要条件是要将巢穴建在河边。

然而，这件看起来很简单的事情做起来却是最难的。露兹曾经有过一次严重的失败。

那是露兹在这里定居的第一年，她第一次筑巢，生下了两只水獭小宝宝。睁开眼的水獭宝宝渐渐能够独立行走了，露兹对他们未来的成长充满了期待。春天，结冰的河流开始融化，河水开始流动。一天，河的上游降下倾盆大雨，河水瞬间暴涨。露兹一家根本来不及逃跑，浊流吞噬了他们的窝，两只水獭宝宝也被卷走了。原以为这里是安全的，露兹这才明白这样的想法是多么幼稚。她完全没有料到河水会暴涨到这里。

因为发生过这样不幸的事件，自那以后，露兹在选择筑巢的地点时都会十分慎重。

今年的巢穴可以说是历年的巢穴中最理想最舒适的——巢建在一棵长在河边的老白杨树的树根里。

这棵树之前似乎被雷劈过，树身的上半截没了，不过仍旧是一棵直径三米的大树。树龄应该有五六百年了，树干上布满了深深的竖纹，长满了苔藓。在大树的根部，有一个很深的洞。为什么之前一直都没发现还有这么好的地方呢？露兹想。

那是因为这个洞之前被土埋起来了。去年秋天，雪还没有堆积起来时，露兹曾经追捕过一只老鼠。老鼠肉和鱼肉不同，别有一番风味，有时露兹会特别想吃。那只老鼠逃进了白杨树根上的土包里。为了把老鼠挖出来，露兹开始刨土。结果她发现在土包里面有一个很深的洞穴，老鼠便躲在那个洞里。

当时露兹灵光一闪。这个地方不正适合做窝吗？于是她推开土包，只听呼啦一声，一个和她脑海中想象得一模一样的洞穴出现在老树下方。现在逮不逮老鼠都无所谓了。这个洞看起来有几十厘米高，不过里面塞满了腐叶土，若是把这些土都清理掉，应该会是一个很深的洞。

被逼到绝境的老鼠拼死冲了出来，紧贴着露兹的腿连滚带爬地逃走了。对此露兹完全没有放在心上，她正沉浸在喜悦中。若是这里的话，无论河水怎么暴涨都很安全。露兹可以建立一个理想的巢穴，明年春天就在这里养育孩子吧。如此一想，露兹心中仿佛突然射进一道阳光，变得明亮起来了。

将筑巢地点选在白杨树根下面还有一个理由，因为一对毛腿渔鸮在对岸一棵高大的水曲柳树洞里安了家。

筑巢时，必须充分考虑周围环境的安全性。如果筑巢的不是毛腿渔鸮而是雕鸮，那就极其危险了。雕鸮与毛腿渔鸮外形相似，却是一种靠捕食鼠类和貂等小动物为生的猛禽。雕鸮不会袭击成年水獭，不过水獭幼崽却是他们的美食。

虽然毛腿渔鸮也是食肉鸟类，但只有在实在找不到食物时才会捕食兽类，平时都是捉了鱼来吃，所以水獭幼崽被袭击的危险几乎为零。

有毛腿渔鸮住在对岸的大树上，就相当于露兹雇用了一个最称职的哨兵。那棵水曲柳位于白杨树对岸的上游，毛腿渔鸮的窝距离地面足足有八米高，在那里可以将露兹的巢一览无余。毛腿渔鸮一天的活动主要是从黄昏开始的，不过白天他们也会有一些活动，所以无论是白天还是黑夜，露兹的窝都在他们的监视之下，非常安全。

露兹把老白杨树根下的洞进行了扩建，建成了一个纵深接近两米的气派的巢穴。她用两只前爪啪啪啪地将洞壁上的土拍打结实，在洞的尽头处的地上挖了一个十五厘米深的坑，将捡来的落叶和苔藓垫在坑里，做成了一个窝。

在筑巢期间，露兹不再捕猎，也忘记了饥饿，将全部精力都集中在这件事上。腹中的小宝宝有时会动几下，仿佛在催促露兹"快点快点"！露兹焦虑万分，只想赶快把窝建好。

毛腿渔鸮夫妇十分恩爱。当雄性发出"呼咿——"

的叫声，藏在冷杉树上的雌性就会呼应"呜咿——咕咿——"，雄性又会发出"呼——咕——"的叫声回应雌性。雌性被雄性的叫声所吸引，张开巨大的翅膀，飞到雄性所在的树枝上，落在雄性身旁。

毛腿渔鸮那扁平的脑袋两侧伸出长长的羽毛，好像长了两只耳朵。他们十分恩爱地将身体靠在一起，用大大的眼睛俯视着露兹。毛腿渔鸮的眼珠是茶褐色的，眼珠周围则是黄色，仿佛有阳光照耀一般金光闪闪，给人一种神秘的感觉。

他们注视露兹的眼神里收敛了猛禽类特有的凶猛，充满了平和与温柔，仿佛在对露兹说："今后我们就是邻居了，还请多多关照啊！"

露兹站起来看着两只毛腿渔鸮。水獭能够用粗粗的尾巴做支撑，巧妙地伸直身体站立起来。露兹盯着他们，微微摇了摇小小的脑袋，"咳咳咳"叫了几声，意思是："今后咱们和睦相处吧！"然后，她向后一转钻进了巢里，仿佛在告诉他们："这里就是我的家。"

四月十一日拂晓时分，露兹在温暖的窝里生下了三只水獭宝宝。三道眉草鹀"啾哔——啾哔——啾"地唱着春天的歌。从露兹与帕金交配那天算起，正好过了六十三天。也就是说，露兹在自己腹中已经养育了小宝宝六十三天。

刚刚出生的水獭婴儿身上湿漉漉的，沾满了羊水和血。露兹很努力地将宝宝舔干净，开始给他们喂奶。露兹的孩子里有两只雄性和一只雌性。我们就把其中的一只雄性宝宝叫作卢拉，另一只尾巴稍粗点的雄性叫作奥福特，把雌性宝宝称作露斯卡娅吧。

两周过去了，水獭婴儿柔软的身体上长满了细丝般的绒毛，在窝里窸窸窣窣地蠕动着。卢拉生性活泼，很会抢奶水喝，体重已经有四百克重了。奥福特只有三百克重，看起来有些没精神。露斯卡娅则介于他们两个之间。

露兹每天会回来好几次给孩子们喂奶。三个小家伙都还没睁开眼，只是靠气味和碰触的感觉叼住妈妈的乳房，咕咕地喝奶。露兹有四个乳头，所以孩子们不用抢来抢去。

这段日子，毛腿渔鸮夫妇正忙着筑巢。他们叼来枯叶，紧紧堆放在一起，然后拔下自己的羽毛铺在上面，做成一张温暖的床。

四月快结束时，春天迫不及待地将重重压在自己身上的冬天推开，急匆匆地降临了。河里的冰开始融化，白天和晚上都在发出可怕的声音。大片的冰裂开了，变成一块块冰块在河里流淌。从冬眠中苏醒的松鼠在枝头跳跃，森林里回荡着走出冬眠的黑熊的吼叫声。

露兹一头扎进冰冷的河水，欢快地叫着，在浮冰之间穿梭游弋。她捉到了一只长达三十厘米的白鲑，在河岸的岩石上饱餐了一顿。

树木的嫩芽转眼间都冒出来了，绿叶开始崭露头角。

雌性毛腿渔鸮停在灰叶稠李的树枝上。黄昏渐渐逼近，血红色的夕阳透过森林的枝梢将白色大地染成了一片火红。她斜着身子沐浴在夕阳中，阳光的反射让她的半边脸都明亮起来。她正忙着整理羽毛。因为现在是换毛期，羽毛散落下来，就像细雪一般在黄昏下飞舞。

沙沙沙，露兹听到一阵响声。她对声音极其敏感。如果是獾或貂熊，她必须迅速返回巢穴。不过那些家伙应该不会发出这种声音，多半是马鹿。

露兹猜对了。红松林方向出现了带着幼崽的雌性马鹿。他们正在吃色叶槭刚发出的嫩芽。虽然大地的积雪还没有完全融化，不过马鹿母子真真切切感受到了春天的到来，几乎抑制不住内心的喜悦。幼鹿仿佛在向妈妈撒娇，将身体贴近母鹿，用力蹭了一下。母鹿扭曲着脖子，将衔在口中的嫩芽摘了下来，然后迅速跳跃着奔跑起来。幼鹿随即紧跟上去，仿佛生怕自己落后似的，他们很快就消失在昏暗的红松林中了。

进入五月，毛腿渔鸮的行为发生了变化。以前总是两只鸟一起十分亲密地停靠在春榆树上，可现在只能看见雄鸟或雌鸟中某一只的身影了。

五月一日，雌鸟产下了两只蛋。毛腿渔鸮的蛋大约有鸡蛋那么大，蛋壳上有白底褐色的斑纹。雌鸟和雄鸟开始轮流孵蛋。

　　三只小水獭一天天长大,在窝里窸窸窣窣地拱来拱去。河里的冰大部分都融化了,从上游漂来的冰块缓缓浮在河面上。由于捉鱼变得容易了,露兹的乳房总是胀鼓鼓的,奶水很充足。水獭宝宝们贪婪地吮吸着妈妈鼓胀的乳房,大口大口地喝着乳汁。

灰叶稠李

睁眼啦!

在温暖的被窝里,水獭宝宝们挤在一起,尽情喝着奶水,过着满足的生活。有一天,卢拉体验了一段神奇的经历。

卢拉美美喝了一顿母亲的奶水,昏昏沉沉地打起盹儿来。可是不知是谁踢了他肚子一脚,他就醒了。

"咦?"卢拉心想。这里究竟是哪里?发生什么事了?惊慌失措的卢拉呆呆地看着四周。他突然睁开眼了。

因为他的耳朵一直听得见,所以已经习惯了各种声音，嗅觉也很灵敏。每次妈妈来的时候他总是能立刻知道。轻手轻脚走路时发出的轻微声响，身体进洞时擦过土墙的声音，还有妈妈的体臭和乳汁的气味……他感受着外部世界传来的各种信息。可是因为他还没睁开眼，所以并不知道眼睛看到的外部世界是什么样子。

卢拉像是中了魔法一般，茫然盯着前方。他正待在一间黑暗的屋子里，不远的前方突然开了一个发光的洞，洞外面有绿叶在摇晃。他觉得自己仿佛置身梦境之中，向一旁看去，只见露斯卡娅的身体压在自己尾巴上，旁边的奥福特睡得正香。

卢拉使劲盯着两个小水獭看起来，仿佛看见了什么神奇的东西。在这之前，卢拉和他们挤在一起，闭着眼睛嬉戏打闹，所以通过身体的接触大体知道他们长什么样。他们的样子与卢拉想象中差不多。不过卢拉是第一次看到他们身上毛发的颜色，而且脸上有两只黑黑的眼睛，这在卢拉看来很是怪异。

尾巴好痒。卢拉扭头一看，露斯卡娅正在舔他的尾巴。卢拉也常常会舔他们的，所以他对这个行为很熟悉。可是当他看到一个红红的东西从她脸前面的裂缝里伸出来，在自己的尾巴上舔来舔去时，还是吃了一惊。卢拉试着伸出了自己的舌头，的确是红色的。然后他左右动了动舌头，果然和露斯卡娅的动作是一样的。

通往外界的圆圆的洞口被堵住了，洞穴里瞬间暗了下来,是妈妈回来了。卢拉吓了一跳,不禁向后退去。若是在以前,他一定会跑在最前面抢奶水喝,可是今天他却被第一次见到的母亲的样子给吓到了。

露斯卡娅和奥福特争先恐后地朝水獭妈妈跑去,紧紧地抱住母亲的乳房。

卢拉惊讶地发现母亲横躺着的白色肚皮上有好几个小小的凸起。露斯卡娅他们朝着那些小凸起猛冲过去,迅速叼住了它们。"原来如此,原来是那个啊。我最喜欢的乳汁就是从那个小凸起里流出来的。"卢拉如此一想,肚子咕咕叫了起来。他向着露兹那白色软和的肚皮跑了过去。这是卢拉出生后第三十九天。

卢拉觉得周围的一切都是那么新鲜,他走遍了窝里的每一个角落。虽然他已经大致清楚洞里都有什么,也知道自己有两个同伴,不过这次用眼睛观察,感觉完全不一样了。

最让卢拉感兴趣的还是洞穴外面的世界。洞里的情况就算闭着眼睛也能知道个大概,可是洞外的世界却是难以想象的。好奇的卢拉常常坐在洞口向外张望。

"呼咿——呼咿——"他听见一阵尖锐刺耳的叫声。"呜咿——咕咿——"传来一阵回应声。卢拉对这声音很熟悉。虽然白天很少听到,可是从黄昏到黎明却经常听见,他一直很纳闷这究竟是什么声音。

一只体形硕大的白色动物轻轻地落在对岸的灰叶稠

李树干上。雌性毛腿渔鸮收起硕大的翅膀，停靠在树枝上，凝视着渐渐下沉的夕阳，爪子上抓着三十厘米长的像是木棒一样的东西。雌性毛腿渔鸮轻轻叫了一声"呜咿——"，眨巴了一下圆圆的大眼睛。

雌性用锐利的黑色喙撕扯着爪子捉来的"木棒"吃了起来。那个看起来像是木棒的东西是花鱼骨，不过卢拉是第一次见鱼这个东西，所以他并不知道鱼是可以吃的。

雌性毛腿渔鸮用餐完毕后开始梳理羽毛，一团白色的粪便嗖地从屁股后面落下。

在不远处的上游，生长着一棵灰白色大树，树干上有一道深深的裂缝，裂缝处开了一个洞。卢拉觉得那个洞里说不定住着水獭。可是，要是在那么高的地方做窝，他可不敢跑到外面玩耍——卢拉这样想着，忽然看见洞里有个东西在蠕动。

卢拉看见一只毛腿渔鸮探了探脑袋。紧接着，一只雄性毛腿渔鸮跳了出来，体形要比落在灰叶稠李树枝上的雌性小一些。雄鸟落在了雌鸟身旁。两只鸟儿亲密地坐了一会儿，雌鸟突然飞了起来，消失在了刚才雄鸟飞出来的水曲柳树洞里。"原来他们就是那声音的主人啊。"卢拉一边想着，一边观察着毛腿渔鸮那一连串的动作，像是在看另一个神奇世界里发生的事。

两天后，露斯卡娅的眼睛也睁开了。露斯卡娅兴奋地朝卢拉扑过去，两只小水獭扭打在一起玩起了摔跤。

奥福特也被卷了进来，可怜的小家伙被他们一脚踢到了角落里。

从灰色的世界突然来到明亮的世界，露斯卡娅一时不知该如何是好。她和卢拉摔跤打闹，是想要通过身体的接触来确认这个家伙的确是自己的兄弟卢拉。

露兹听到窝里有动静，连忙赶了回来。

她辛辛苦苦铺好的被窝被弄得乱七八糟，枯叶和苔藓散落得到处都是，整个洞里尘土飞扬，卢拉和露斯卡娅正横冲直撞，闹得正欢。露兹目瞪口呆地看着眼前的一幕，愣了一会儿。刚才她一定非常紧张。因为她的脑海中曾经浮现过一个坏念头：难道是蛇钻进来了？

不过，她的担心很快消失了，露兹甚至发出了一声类似笑声的声音："噗！看来是睁眼了。小家伙们肯定是惊慌失措了，就扭在一起打起来了。"

露兹向孩子们走去，孩子们仍旧只顾着摔跤，她叼起露斯卡娅的脖子挥舞了几下，露斯卡娅顿时老实了。露兹用前爪按住她，开始舔她的小脸。露斯卡娅不停地眨巴着眼睛，仿佛看见了什么神奇的东西，盯着露兹的脸看起来。

趁着这个空当，卢拉扑向妈妈的白肚皮，叼住了奶头。之前，他都是靠着奶水的味道和紧贴在妈妈肚皮上的脸的触觉寻找乳房的。现在则不同了，他知道只要瞄准白毛中的小凸起，把它咬在嘴里，乳汁就会喷涌而出。

露兹横躺下来，给三只小宝宝喂奶，沉浸在幸福之中。

卢拉发育得最好，从头到屁股的长度有三十多厘米，尾巴的长度大约是体长的一半，运动能力也发达了不少。看着巢穴中四处散落的筑巢材料，露兹开始在记忆深处搜寻起来。在很久很久以前，她也曾像卢拉和露斯卡娅一样，在阴暗的洞穴中与同伴打斗，儿时的记忆就像浅浅的影子掠过她的脑海。

两天后，奥福特的眼睛也睁开了。小宝宝们都可以自由行动了，洞穴里一下子热闹起来。

水獭宝宝们常常挤在洞穴的入口处，探出脑袋看着外面的世界。树木的嫩芽一天天长大，从那些红色、银色、淡绿色、淡紫色的芽苞里长出了绿色的嫩叶。森林默默忍耐了一个冬天的寂寞，现在忽然找回了活力，远东山雀、旋木雀和红腹灰雀这些小鸟开始竞相歌唱，森林里热闹起来了。

紫貂

巢穴外面处处是危险

  五月末的一个黄昏，卢拉横躺在洞穴的入口处，望着外面。夕阳在嫩绿的树木之间渐渐沉落，白桦树的树干在夕阳余晖的映衬下白得耀眼。看着火红的太阳缓缓落下，心里也会变得十分宁静、平和。

  卢拉永远不会忘记第一次迎来黄昏的那一天。挂在天空中的太阳刚刚还光芒万丈，现在却在一点一点下沉。他觉得这简直太不可思议了。而且离森林越近，太阳就变得越红，当它整个躲进森林里时，四周全都暗下来了,这让卢拉大吃一惊。他以为自己的眼睛又看不见了,又倒退回了原先的灰色世界。恐惧充满了他的内心,他变得惊慌失措。卢拉实在害怕得不得了,冲进洞穴深处,身体蜷缩成一团,颤抖不止。

但是,现在他已经知道,白天的后面是夜晚,夜晚过后会有光明的早晨降临。黄昏则是连接白天与黑夜的时间段。白天活动的动物们开始准备睡觉,而晚上活动的动物们则振奋起精神准备投入接下来的活动。

毛腿渔鸮白天的活动不算少,不过他们的主要活动舞台则是黄昏和整个晚上。是时候有鸟从水曲柳的树洞里钻出来了,卢拉一边想一边呆呆地看着那个黑乎乎的树洞。

果然,雌鸟从洞里跳了出来,停在洞上方的大树枝上。紧接着,一只浑身长着白色松软羽毛的幼鸟突然露出了头。长长的羽毛从扁平脑袋的两侧翘出来,像是长了两只耳朵,溜圆溜圆的黄色眼珠眨也不眨,直直地凝视着远方。

卢拉不禁发出"咕咕"的叫声,直起身子坐好。或许是注意到了卢拉的动作,毛腿渔鸮的幼鸟迅速钻进洞里,不见了身影。

树干上裂开的洞穴就像吸入迅速袭来的黑暗而形成的黑色淤泥,卢拉呆呆地看着那个洞。他想再看一遍那个浑身长满了白色松软羽毛、眼睛在落日余晖映照下发出异样光芒的身影,便孤零零地坐在洞口,盯着那棵巨大的水曲柳看啊看啊。

"咳哟,咳哟,咳哟!"一阵尖锐的叫声自东向西飞快地闪过,刺破了森林的宁静。叫声在林中飞来飞去,仿佛在四处呼朋引伴。河面上闪过一个黑影,一面发出"咳哟,咳哟,咳哟"的叫声,一面飞速掠过,是夜鹰在捕食黄昏时分飞舞的飞虫。

月亮出来了。河面上倒映的金色圆盘随着微波荡漾,一会儿扭曲了形状,一会儿又变圆了,反射出灿烂的光。"号,号,号!"近处的树上传来圆润可爱的叫声,是鹰鸮睡醒了。

青黑色河水一面反射着光亮,一面缓缓流动,忽然水面裂开了,一条大鱼跳了出来。那条鱼扭动了几下银光闪闪的鱼腹,又啪的一声掉进了河里。靠近河岸的浅滩里,也有小鱼在欢快地跳跃着。

一个黑影遮住了月光,缓缓下降。影子突然变形了,两只白色的爪子伸了出来,迅速刺入水面,溅起一阵水花,随即又迅速腾空,两只锋利的爪子上紧紧扣住一条五十厘米长的大鱼。

毛腿渔鸮的雄鸟落在他经常降落的灰叶稠李的树枝上,用他那如刀子般锐利的喙啄进鱼头,撕开鱼肉。红色的血沫四处飞溅,将生长在喙两侧的像胡须一般的白色羽毛染成了血红色。

卢拉的心怦怦跳起来，他感到有一股热流在体内奔跑。卢拉双眼闪闪放光，凝视着对岸。亲眼见证毛腿渔鸦高超的捕鱼技巧，让卢拉身上的狩猎本能觉醒了。"用不了多久，我也能捉到那么大的鱼！"卢拉想象着和自己身体大小的鱼搏斗的场面，兴奋不已。

"沙沙。"传来一声微弱的声响。卢拉本能地竖起了耳朵。他发现在月光照不到的低矮阴暗的七度灶树丛中，有什么东西在蠕动。

卢拉的好奇心上来了，他盯着那片黑暗看起来。从洞口看到的外部世界与洞里面的生活不同，那里不断有新鲜事情发生。即便是一整天都坐在洞口，也不会觉得厌烦。

那片黑暗中突然出现了两个闪着幽光的金色的圆球，直直盯着卢拉。"那是什么？"卢拉感到不可思议，不禁重新坐正了身体。

金色圆球渐渐向卢拉逼近。越是靠近，在月光的映照下就越发耀眼。而且，卢拉渐渐看清，在两个金色圆球的周围包围着比黑暗还要黑的东西。

"长得和我有点像呢。"卢拉的脑中突然冒出了这个想法。"不对，不一样。"他又推翻了刚刚的想法，探出身子，想要看得更仔细些。

金色的眼珠突然靠近了。两只眼珠反射着月光，放射出妖艳的光芒，包围着眼珠的那圈黑色轮廓清晰地浮现了出来。这只野兽有一个黑漆漆的脑袋，头上长着两只尖尖的耳朵，身后还有一条蓬松厚密的长尾巴。

卢拉吓得向后退去，就在这时，那家伙突然跳了起来，朝着卢拉就扑了过来。原来是一只紫貂。

觉察到危险的卢拉连忙向后仰去，这时从旁边跳出一团茶褐色的物体，在紫貂马上就要咬住卢拉的时候狠狠地撞了紫貂一下。水獭妈妈为了保护卢拉挺身而出了。

紫貂吃了露兹一击，被撞飞了，他惨叫着，一溜烟地逃走了。若是水獭妈妈没恰好在这个时候赶回来，卢拉或许已经沦为杀手紫貂的盘中餐了。

逃过一劫的卢拉一口气冲进洞穴深处，和同样感觉到危险的奥福特和露斯卡娅紧紧贴在一起缩成了一团。

卢拉的心还在扑通扑通地跳个不停。看样子外面的世界不全是快乐的事情，还有好多可怕的事情。卢拉这次算是有了切身体验。

六月初的一天，三只小水獭喝饱了奶，跑到洞口挤作一团，眺望着外面。树木长出了嫩叶，眼前是一片明亮的绿色。高大的白杨树开满了密密麻麻的小花，十几厘米长的紫红色花串儿随风摇曳。

水獭妈妈躺在洞穴前的嫩草上，沐浴着和煦的阳光，一面享受着暖阳，一面十分仔细地舔着前爪。

一向精神头十足的露斯卡娅从洞里跳了出来，朝水獭妈妈跑去。水獭妈妈用前爪轻轻按住连蹦带跳的露斯卡娅。露斯卡娅仰面朝天躺下来，露出白白的肚皮，四只小爪子忙乱地挥舞着。露兹刚刚松开前爪，她就像被弹簧弹开似的跳了起来，爬到露兹的背上，然后又连滚带爬地滑到了露兹的尾巴上。

眼见露斯卡娅玩得那么高兴，卢拉却还在犹豫要不要从洞穴里出来，被紫貂袭击时的恐惧还梗在心中挥之不去。那只黑色的恶魔不知正隐藏在哪个角落。也许他就藏在冷杉和椴树的后面，偷偷窥探着这边的情况。

露兹和露斯卡娅还在欢快地玩耍着，卢拉看着看着，终于抵不住诱惑，朝水獭妈妈狂奔过去，就像一根绷紧的绳子突然被切断了。

卢拉欢快地叫着，像一颗子弹一般冲进露兹怀里。露兹抱住他，就地打了几个滚儿。卢拉像圆木那样在地上翻滚着，发出"啾——啾——"的叫声。柔软的嫩草完全不像窝里那些干燥粗糙的枯叶，身体靠在上面舒服极了，卢拉真想一直这样翻滚下去。

露斯卡娅扑过来了。两只小小的生物在草地上扭打起来。露斯卡娅紧紧咬住卢拉不放，卢拉甩开露斯卡娅，用力跳了起来。他感到身体轻飘飘地飞起来了，越升越高，升到了一个他自己都想不到的高度，卢拉惊讶不已。

洞外面的世界是多么辽阔啊！卢拉高兴得不得了，围着横躺的母亲跑来跑去。露斯卡娅也跟在他身后跑起来，两只小水獭就像森林的精灵一般轻快地跳跃着，围着露兹画起了圆。

一只灰鹡鸰掠过河面，画了几圈波纹后飞走了。他露出腹部艳丽的黄色羽毛，落在了岩石上。"哔哔！哔哔！"灰鹡鸰发出清脆的叫声，以两条细细的爪子为轴心上下摇动着身体。

卢拉仿佛看到了有趣的杂耍，他盯着看了好一阵。卢拉冒出了想要吓唬吓唬他的想法，便朝着灰鹡鸰走过去。这时，又有一只灰鹡鸰飞了过来，两只小鸟高兴地合唱起来。卢拉加快脚步朝他们跑过去，这时他突然感到头部受到了冲击，当场被按在了原地。

是露兹咬住他的脖子，把他按住了。水獭妈妈叼着惨叫的卢拉的脖子，返回了巢穴。在巢穴的入口处，胆小鬼奥福特正莫名其妙地看着这幅景象。水獭妈妈冷冰冰地把奥福特赶进洞里，然后又把卢拉扔了进去。露斯卡娅跟在母亲身后，跳进了巢穴。

"真是一群不让人省心的小东西。"露兹这样想着，坐在了洞穴前面。孩子们有精神头固然是好事，可是单独行走对他们来说还太危险。他们对外面的世界还一无所知，要是自己到处转悠的话会很麻烦。雕、鹰、貂、黄鼠狼——在这些家伙眼里，小水獭是理想的猎物。这些还不知道该怎么逃跑的小家伙会立刻成为这些杀手的饵食。

卢拉第一次外出是在出生以后的第五十三天。三只小水獭很快适应了外面的世界，已经能够从洞穴里大摇大摆地进进出出了。不过，妈妈不在的时候他们从不敢远游，只是在洞穴附近玩耍。

小水獭们对危险十分敏感。一旦听到可疑的声音，或是看见陌生的动物，他们会立刻逃回洞里。他们还无法判断哪种动物是可怕的，哪种情况是危险的，不过本能告诉他们，凡是感到可疑的东西都要避开。不管怎样，对孩子们来说，住惯了的窝是最安全的，只要待在窝里，心里就特别踏实。

第一次吃鱼

枝头上的嫩叶一齐绽放了,森林因为小鸟们的啼叫突然变得热闹起来了。金翅、鸳鸯、白腹鸫、蒿雀——各种小鸟成双成对地忙着筑巢。其中,卢拉与小水獭们最熟悉的鸟儿便是毛腿渔鸮了。毕竟他们就在对岸的树上做窝,他们的一举一动全被水獭们看在眼里。

毛腿渔鸮的雄鸟经常在黄昏时分落在灰叶稠李的枝头上,眺望着下沉的夕阳。卢拉也很喜欢看火红的太阳渐渐沉没在森林的影子里,他常常会坐在巢穴的洞口远眺夕阳。灰叶稠李的嫩叶被夕阳染红了，细长柔软的叶片里伸出了开满细密白花的花穗，小小的花朵像珍珠一样闪闪发亮。

毛腿渔鸮的雄鸟缩着脖子，蜷起身体，然后鼓起脖子，发出低沉的叫声。像圆号般圆润悠长的声音回荡在暮色降临的河面上。

"呜咿——呜咿——"稍稍尖一些的叫声从桧树林传来。不一会儿，雌鸟飞来了，轻轻降落在雄鸟的身旁。两只鸟十分恩爱地并排坐着，你挤挤我，我挤挤你，心满意足地梳理着羽毛。

月亮升起来了。两只鸟很快转过身，面向月亮。雄鸟鼓起脖子粗声叫道："呼——"脖子上的羽毛全都倒立起来，那声音仿佛是从风箱里发出来的。地面洒满月光，柔和地泛着白光。

雄鸟一叫，雌鸟便呼应道："呜咿——"接着雄鸟又发出呻吟般的叫声："咕——"然后雌鸟又回应道："呼咿——咕——"雌鸟圆润的女低音与雄鸟那音色丰富的男低音构成的二重唱在夜晚的河面上划过，与折射着银色月光的微波嬉戏玩耍。

还有一件趣事，那就是毛腿渔鸮常常捉青蛙来吃。青蛙被他们用喙衔在嘴里，四只脚不停地挣扎着。毛腿渔鸮会衔着青蛙端坐在枝头，盯着夕阳看一会儿，也不知他们在想什么，然后转眼间便咕咚一口把青蛙整个吞下去了。

　　第一次看见这个情景时,卢拉还以为自己在做梦。因为转瞬间青蛙便从他的喙里消失了,可毛腿渔鸮还保持着同样的姿势一脸若无其事地欣赏着夕阳。

　　毛腿渔鸮还曾经在很短的时间内吃过五六只青蛙。然后过了不久,便吐出了一团白色的硬物。这叫作骨球团,是骨头的碎片聚集成的团状物。不过卢拉并不知道这些,他十分好奇这些东西究竟是什么。

　　卢拉走出洞穴后的第七天,三只小水獭在嫩草上快乐地玩着摔跤。胆小鬼奥福特也在两天前离开了巢穴,开始享受户外玩耍的乐趣。

　　水獭妈妈回来了。露斯卡娅想要喝奶,朝母亲跑过去。可是走到一半,像是被什么东西吓到了,又退了回来。三只小水獭害怕了,他们紧紧贴在一起,缩成一团。水獭妈妈嘴里叼着一条银色的鱼,鱼尾还在挣扎。

　　露兹将这条长达三十厘米的白鲑扔在瑟瑟发抖的孩子们面前。鱼还活着,有气无力地跳了一下。

　　奥福特一看,吓得想要逃跑。水獭妈妈有些生气地叫了一声:"呼——"一口咬住奥福特的尾巴,把他拖了回来。奥福特还是害怕,钻到了水獭妈妈的肚子底下,想要去咬奶头。他饿了。

　　若是在往常,妈妈很容易就会接受他的要求,可是今天却不同。水獭妈妈无情地推开了奥福特,把他推到

第一次吃鱼

鱼的前面,仿佛在说:"吃这个!"奥福特马上就要哭出来了,"咪呜——咪呜——"地叫着,紧紧扒住地面。

好奇心旺盛的疯丫头露斯卡娅咬住白鲑的尾巴拖拽起来。结果鱼突然蹦了一下,露斯卡娅惊慌失措地向后跳去,仿佛碰到了什么危险的东西。

胆大心细的卢拉一直在后面观察大家的情况,看了一会儿,觉得貌似没有什么危险,便轻轻靠近鱼,舔了舔鱼身上的伤口流出来的血。和甘甜的乳汁不同,那是一种咸咸的复杂的味道。虽然算不上美味,却是令卢拉兴奋不已的神奇味道。

奥福特还是不肯吃鱼,想要返回洞里。水獭妈妈迅

速叼住奥福特的尾巴,把他拽了回来,"咕咕,克咿,克咿"地叫着,轻轻打了奥福特一下——不许逃跑!必须练习吃鱼!一天到晚总是舔奶头的话,你是不会长大的!白鲑是很好吃的鱼,吃吃看啊!

露兹把一脸不情愿的奥福特推到鱼前面。奥福特的脸上沾满了血。他吓得向后退去,用两只前爪使劲挠着脸。

露兹发出一种像是在训斥害怕的孩子们的叫声,仿佛在说:"来,照着妈妈的样子做,一点也不可怕!"然后她将白鲑的头咬碎了。

一股血腥味强烈地刺激着卢拉的鼻子。卢拉兴奋起来，咬住白鲑，扯下一块肉。那是一块柔软有弹力的物体，牙齿插进去时，卢拉感到很愉快。这是他第一次吃鱼肉，他觉得很好吃。卢拉紧紧咬住白鲑，拼命吃了起来。

露斯卡娅还在犹豫，不知如何是好。水獭妈妈又是威胁又是哄劝，想尽一切办法让她吃。露斯卡娅实在拗不过母亲，终于开始吃白鲑的肉了。

不过，奥福特一直顽固地拒绝，无论如何也不肯靠近鱼，而且他还抽空把嘴边沾着的血迹都用舌头舔干净了。"真是个倔强的孩子，真拿他没办法。不过也不能强迫他，迟早他会吃的。"露兹这样想着，便没有再去劝他。

第二天，露兹带着三只小宝宝来到了河岸边。那里距离他们的巢穴不远，是下游的一处淤水，浅滩上生长着水草。

一只体形巨大的苍鹭正在缓缓行走，不时将长长的喙插入水中，捕食贝类和小鱼。苍鹭将他那鲜艳的黄色的喙突然向下一甩，就看见喙的尖端衔了一只花鱼骨。他调整了一下平衡，重新叼住鱼头，脖子向后一仰，嘴巴对着天空，拍打着翅膀，将鱼咕咚一下吞了下去。

苍鹭张开他那青灰色的巨大翅膀拍打了两三下，仿佛马上就要飞走，然后从喉咙里发出"咕哎——"的粗壮声音。"好漂亮的鸟啊！"卢拉坐在河岸上，呆呆地看了一会儿。

生满了青苔的岸边岩石上，水獭母子正眺望着河流。孩子们是第一次站在河边，心里琢磨着：接下来会发生什么呢？水獭主要的栖息地是河流，他们捕食河里的鱼和贝类为生。是时候该教给孩子们游泳和捕鱼的方法了。露兹正是出于这样的想法才把他们带到了这里。

露兹常常带鱼给孩子们吃，所以他们应该知道不同种类的鱼味道并不相同，像是花鱼骨、鲶鱼、狗鱼、白鲑、远东哲罗鱼这些鱼都是各有各的风味。如今他们已经尝到了鱼肉的美味，就不得不自己下水捉鱼了。

一群小鱼从水草间钻出来了，无数黑色脊背在水草中间穿梭。孩子们目不转睛地看着这新鲜的一幕。突然，水中出现了一条大鱼的影子。奥福特吃了一惊，不由得向后退了一步。"看来这孩子对鱼还是很警惕，应该会慢慢习惯吧。"露兹决定再忍耐一段时间，坐在了青苔上。

这处淤水有许多青蛙。有的青蛙从密集生长的浮萍中探出尖尖的脑袋，骨碌碌转着眼珠，还有青蛙将一半身体埋在河堤里，还有的则在水中欢快地游泳。小水獭们见识了各种各样的青蛙。

比起鱼，卢拉似乎对青蛙更感兴趣。因为他总是看到毛腿渔鸮将青蛙囫囵吞下，而且看上去吃得很香。所以他也想吃一次试试。青蛙身上没有像鱼那样的鳞，吞下去的时候应该会刺溜一下滑过喉咙吧。

一只青蛙从芦苇丛里游了出来,正好停在卢拉坐着的岩石上。青蛙扒住岩石,伸展开两条后腿,浮在水面上,抬头看着卢拉。"太好了!机会来了!"卢拉这样想着,伸出前爪去捉青蛙。

青蛙还不至于愚蠢到这么容易就被水獭小崽抓住。只见他一个翻身,刺溜一下钻进水里去了。卢拉心想:糟了,连忙探出身子,把前爪伸进水里。可是因为用力过猛,卢拉失去了平衡,扑通一声掉进了水里。

卢拉慌了,手脚在水里不停地扑腾着,想要浮出水面,可是身体不仅没有浮上来,反而向下沉去,嘴里灌进了一大口水,鼻子里也进水了。卢拉拼命仰起脸,把水从鼻子里喷了出来,可是随后身体就沉入了水中。

就在这时,仿佛某个开关被打开了似的,他的尾巴突然很自然地左右摆动起来,然后身体很容易地就开始向前进了。卢拉仿佛接到了某个命令,手脚不再乱扑腾了,而是伸直了后腿,两只前爪则紧紧贴在腹部两侧。他保持这样的姿势,左右摆动尾巴,不费吹灰之力就能够在水中前进了。两只小小的耳朵也本能地紧贴在脑袋上,防止水灌进耳洞里。

这是个巨大的发现。卢拉高兴起来,用力摇了摇尾巴。结果他的身体突然加速了,嗖地一下在水中蹿出好远。卢拉很想一直像这样在水中游走,可是他感到有些喘不上气来了，于是便从水面探出了头。

一只青蛙从他的眼前快速游过。不过现在他已经顾不上什么青蛙了。他兴奋不已，彻底被游泳、潜水这些新鲜的体验所征服了。

卢拉将身子一扭，转了半圈，一下变成了仰泳。他一直保持着这个姿势，结果他的脸从水里露了出来，身体浮起来了。

卢拉向岩石看去，只见母亲正在用温柔的眼神注视着他。她那温和的表情仿佛在表扬他："做得好！就是这种感觉！"

在母亲身旁，其他两只小水獭正一脸担心地望着他。卢拉叫了一声"咕！克咿！"，得意地让身体在水中旋转了一圈——没事的，看！你们只管往下跳！一点也不可怕！

岸上，水獭妈妈想要训练露斯卡娅和奥福特学习游泳，一次次故意赶他们下水，可是孩子们害怕，拼命向后退。

从岩石的边缘到水面的高度只有二十厘米，只要一探身就能够到水面。如果让小家伙们一边玩水一边练习，应该慢慢地就能适应水了。可是露兹压根儿就没想过使用这种慢吞吞的方法。水獭是河里的动物，只要跳进河里，任何一只水獭都会自然而然地学会游泳，根本没必要磨磨蹭蹭的，只要一进水，身体自然就会浮起来。露兹被吱哇乱叫的孩子们弄得有些不耐烦了。

露兹突然叼住露斯卡娅的脖子，嗖地一下把她扔进了河里。

露斯卡娅大吃一惊，在水中挣扎了一阵，不过很快就像卢拉一样，学会了用尾巴作为动力前进的游泳方式。露兹高兴得直点头——看，这不游得挺好嘛！我说得没错吧？一点都不可怕！

接着，露兹抓住一直在哭叫、一百个不情愿的奥福特，叼住他的脖子，把他扔到了岩石下的水面上。奥福特是个胆小的孩子。如果对他采取粗暴的手段，突然把他扔进水里，他一定会惊慌失措，乱闹一气，说不定会溺水而亡。所以露兹只是轻轻地将他扔在水浅的地方，先让他沾沾水。

奥福特大声哀嚎着，开始胡乱扑腾。露兹发出"嘘——嘘——"的声音鼓励奥福特，朝左右摆摆前爪——不能乱扑腾！四肢不乱动了，身体自然就浮起来了，尾巴也会动起来。

奥福特胡乱扑腾着四肢，激起阵阵水花，离岩石越来越远了。然后，他出了这片淤水，一下卷入了湍急的激流。露兹焦急万分，频频向奥福特发出叫声：不要乱扑！潜到水里去！

因为极度恐惧而彻底慌神的奥福特早已听不见露兹的声音了。他在激流里漂荡，转眼间就被冲到了下游。

露兹慌了,迅速跳进水里,去追赶奥福特。"真是个傻瓜,不知道珍惜自己的生命。这个孩子动不动就把事情搞砸。"露兹一面轻声叫着"咕!咕!",一面全速前进追赶奥福特。

由于露兹跳水时溅起了一大片水花,受到惊吓的苍鹭"咕哎——"地大叫着飞了起来。他啪飒啪飒地拍打着翅膀,松鼠们吓得都蹿上了树。

卢拉正在专心玩水,却突然看见露兹使用潜水游泳法从他身边一阵旋风似的游过。从母亲那非比寻常的气势中,卢拉本能地判断出一定是发生什么事了。他有些惴惴不安了。

露兹迅速从淤水里游到河流的激流里,全速开动尾巴这架发动机,时而上浮,时而下沉,追赶着流向下游的奥福特。

河流拐了一个平缓的弯,河水也变得缓和了许多,露兹终于在这里追上了奥福特。她立即叼住奥福特的脖颈,匆匆爬上了岸。

露兹将奥福特放在草地上。奥福特整个身体都软了,而且停止了呼吸。他横躺在草地上,仿佛死了一般,浑身上下都湿透了。露兹拼命舔着他那小小的身躯。看来是不行了——露兹心想。不过她仍然一边翻转着奥福特疲软的身体,一边不停地舔着。就这样,奥福特的身体一点点紧绷起来,肌肉又重新恢复了紧张感。

第一次吃鱼

奥福特突然睁开了眼睛。当他看到母亲的脸出现在眼前，像是受到了惊吓一般坐起身，扑进了母亲的怀里。露兹紧紧抱住他。这下奥福特放心了，不顾一切地一口咬住了妈妈的乳房。

虽然发生过这样的危险事件，不过自那以后孩子们终于能够享受每天在河里玩耍的乐趣了。游泳时，只需要使用前爪变换方向，其余的动作如前进、后退、翻跟头、加速、减速，都可以用尾巴的动作自由控制。小水獭们都已经掌握了这些技巧。

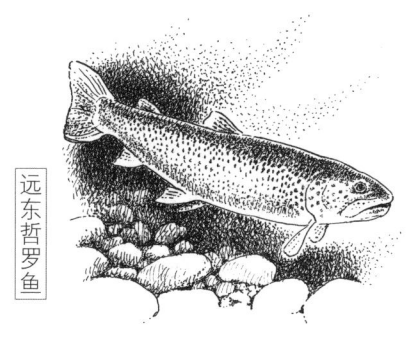

远东哲罗鱼

挑战捉鱼

"咳哟，咳哟，咳哟，咳哟！"夜鹰发出聒噪的叫声，低飞着掠过河面。他张开大得几乎要裂开的大嘴，吃着羽化之后从河里飞出来的昆虫。

蝙蝠也飞出来了。与直线飞行的夜鹰不同，他们张开无论是长度还是宽度都大到与身体不成比例的巨大翅膀，悄无声息地交错着飞来飞去。

蝙蝠发射出超声波，通过捕捉从虫子身上反射回来的声音来确认虫子的位置，捕食虫子。无数超声波交织在暮色降临的天空中，不过超声波是听不见的，所以傍晚的寂静没有被打破。

毛腿渔鸮的雄鸟开始啼叫了。最先发出声音的总是雄鸟。雌鸟或许正在捕食吧，从冷杉或是椴树上传来了应答声。

不一会儿，雌鸟落在了雄鸟身边，两只鸟又唱起了二重唱。卢拉特别喜欢雄鸟那圆号般低沉、圆润、悠长的声音。

"夜晚降临了。夜晚是我们的世界！来吧，来捉鱼吧！白鲑、茴鱼、花鱼骨，应有尽有！今天吃哪一种呢？"

毛腿渔鸮正在高声歌唱着盛大晚宴开始之前的序歌，歌唱着他们的狩猎之歌。

这也是同样吃鱼的水獭的欢歌。卢拉喜欢听毛腿渔鸮的二重唱。他还没有过捉鱼的经验，不过现在既然知道了鱼的滋味，狩猎的本能就被点燃了，小小的火苗渐渐在体内蔓延起来。

奥福特连滚带爬地跑到卢拉身边，身体紧紧贴着卢拉。胆小的奥福特一定又发现了什么。

卢拉一直在入神地聆听毛腿渔鸮的二重唱，奥福特的闯入让他回过神来，提高警惕看着前方的草丛。

卢拉简直不敢相信自己的眼睛。他看见两只体形娇小的毛茸茸的灰褐色毛腿渔鸮幼鸟正停在一枝横出来的冷杉树枝上。

他们瞪着圆圆的黄色眼珠,直直地盯着前方,不知在看什么东西,仿佛是两个并排的小月亮在闪闪发光。他们的腿上长满了浅驼色的羽毛。幼鸟的姿势很滑稽:他们用锐利的爪子抓住树枝,身体站得笔直,双脚叉开使劲站住。

一个黑影忽然从幼鸟身前飞过,落在了前面的树枝上。那个家伙"呱——"地大叫一声,在树枝上一蹦一蹦地跳起了舞,是喜欢恶作剧的乌鸦在逗弄毛腿渔鸮的幼鸟。

幼鸟生气了,张开大翅膀,两只脚在树枝上踩来踩去,晃来晃去,全身的羽毛都竖起来了,抖动着,黄色的喙发出咔哒咔哒的声音,意思是:太吵了!滚开!

乌鸦不但没有离开,反而觉得更好玩了,嘎嘎地叫着,伸出嘴巴在幼鸟面前挥来舞去,用力摇晃着树枝。

幼鸟一边继续用喙发出咔哒咔哒的声音进行威吓,一边摇摇晃晃地向后退去,结果一脚踩空了,差点掉下去。幼鸟费了一番力气才重新站好。如果乌鸦再向前一步,幼鸟肯定就摔下去了。

卢拉怀着紧张的心情关注着接下来的发展,这时母鸟不知从哪里悄悄飞过来了。一定是听见了幼鸟用喙发出的声音,急着赶回来了。

乌鸦只顾着捉弄幼鸟,没有发现母鸟来了。

毛腿渔鸮妈妈轻飘飘地落在乌鸦身后,飞快地啄了乌鸦一下。受到突袭的乌鸦发出一声惨叫,就像带发条的玩具一样蹦起来飞走了。

　　将整个事件看在眼里的卢拉松了一口气，心里一下亮堂起来。因为太高兴了，卢拉兴奋地一口咬住了奥福特的后背。

　　奥福特吃了一惊，连忙反击。两只小水獭扭打起来，他们抱在一起打起滚儿来，扑通一声掉进了河里。

　　两个小家伙现在已经游泳游得非常好了。他们潜入水下，发现有许多鱼在游来游去。"我也来抓条鱼试试！"卢拉想要捉鱼，就跟在鱼身后追赶，可是他一靠近，鱼就突然猛跑，总是让他们逃掉。捉鱼还真不是件容易的事啊！卢拉心想。

　　卢拉察觉了一件事。每当他一动不动的时候，鱼就会游得很慢，或是在水中静静地漂浮着。"原来如此，因为着急抓鱼而追赶是不行的。必须静悄悄地靠近，游到鱼身边时，再全速扑上去。"

　　卢拉发现有一条二十厘米长的远东哲罗鱼正一动不动地浮在水中。

　　卢拉慢慢摇动尾巴，像是被水流推着一样缓缓靠近远东哲罗鱼。鱼腹上银色的鱼鳞折射出耀眼的闪光。远东哲罗鱼微微向下张开突出的下颚，半张着嘴，静止不动，不过可以看出他十分紧张。

　　在距离他一米之遥的时候，远东哲罗鱼的身体微微动了一下。卢拉的本能告诉他："这家伙要跑！"接下来的一瞬间，就连卢拉自己也不明白是为什么，他的尾巴突然自己动起来了，于是他的身体一下绕到了远东哲罗鱼头部的方向。

受惊的远东哲罗鱼调转身体，准备逃跑。

如果远东哲罗鱼径直向前突进的话，恐怕已经逃走了。可是，他现在掉转了身体想要朝相反方向逃窜，这就给卢拉赢得了一丝宝贵的时间。卢拉看准这个机会，全速向远东哲罗鱼发动了攻击。

作战非常成功，卢拉一口咬住了远东哲罗鱼的脑袋！

卢拉亮出尖利的犬齿，照着远东哲罗鱼挣扎的头部狠狠咬了下去。远东哲罗鱼是鲑科的鱼，所以头骨是由软骨构成的，不是很硬。即便是卢拉的牙齿也能轻易地咬进去并咬碎骨头。

捉到了足有自己体长一半的大鱼，卢拉高兴得不得了。他把猎物带到岸边的岩石上，发出啧啧的咂嘴声。虽然和远东哲罗鱼的战斗令他疲惫不堪，可是第一次捕获到大猎物的喜悦早已将疲劳一扫而光。

要巧妙地使用尾巴——这是卢拉在与远东哲罗鱼的战斗中学到的。卢拉仿佛有了一个伟大的发现，得意非凡。他感觉自己已经成了捕鱼能手，斜着眼看着奥福特跟在鱼屁股后面手忙脚乱地转来转去。

然而，捕鱼并不像卢拉想象得那样简单。他休息了一会儿，再次试着去捉鱼，可这次他甚至都无法轻易

地靠近那些鱼。他之所以能如此近距离地接近远东哲罗鱼，可能是碰巧遇上远东哲罗鱼正在午睡，或者精神过于恍惚了。

当他一次次地经历失败，陷入沮丧时，露兹游过来了。露兹暗示他跟过来，然后便潜入了水中。

茴鱼正浮在水中。

露兹慢慢靠近，在茴鱼的前面迅速旋转了一圈。茴鱼缓慢地移动起来。露兹紧追不舍，终于巧妙地把他逼到了河岸的岩壁前面。当露兹靠近茴鱼时，她向茴鱼的头部方向挥动了一下尾巴。

茴鱼一下调转身体，要逃进岩石的裂缝里。露兹迅速冲上前去，将整个茴鱼都衔在了嘴里，整个过程十分干脆利索。

原来如此，卢拉心想：关键是要把鱼巧妙地赶进无处可逃的地方。露兹就是要交给他们这一点。

捕鱼的诀窍在于巧妙地使用尾巴和选择地点。在淤水深处游泳的鱼，即便是对他们发动突然袭击也是徒劳。必须在靠近河岸的地方和岩石之间这类无路可逃的地方发动攻击。

还有一件重要的事情，那就是协同作战。这也是露兹教的。

卢拉和奥福特很快就记住了捕鱼的方法，可是淘气包露斯卡娅却只顾着捉青蛙，不想捉鱼。露兹叼着闹别扭的露斯卡娅的脖子,将她带入水中,然后又把鱼赶到露斯卡娅面前,想让她主动去捕鱼。

就在三只水獭宝宝拼命练习捉鱼时,毛腿渔鸮的两只幼鸟也在茁壮成长。他们顺着树枝走路的技巧越来越好了,也能够在树枝之间跳来跳去了。

最先从窝里出来的哥哥威风十足,对着弟弟发出"喊喊喊"的滑稽叫声,有时啄一下弟弟的脖颈,有时揪一下弟弟耳朵上的羽毛。弟弟也不甘示弱,用喙去啄哥哥那泛蓝的脚趾作为反击。然后,两只幼鸟开始互相啄着玩。可是玩着玩着,哥哥有些得意忘形了,狠狠啄了弟弟一下。弟弟发出一声惨叫,往后一退,差点掉落枝头。他拼命扇动着翅膀,总算又站稳了。

毛腿渔鸮爸爸总是停在附近的树木上,守护着幼鸟。他常常出去觅食,大多是捉些青蛙回来给幼鸟吃。

捕鱼是雌鸟的任务。她通常去很远的地方,只是偶尔才回来。不过当她回来时,雄鸟会十分高兴,发出"呼——咕——"的叫声迎接雌鸟。雌鸟会落在雄鸟身旁,"呜咿——"地叫着,接下来雄鸟与雌鸟的二重唱就回荡在绿色的森林里。

卢拉觉得毛腿渔鸮的幼鸟很有趣,于是一边晒着太阳,一边迷迷糊糊地看着他们。

一只松鸦发出"嘎——嘎——"的刺耳叫声,吵嚷着落在了幼鸟身后的树枝上。然而接下来发生的事情着实令人震惊：幼鸟突然将头旋转了一百八十度，愤怒地叫着"呼——呜咿——"，两只脚还不停地原地踏步。

幼鸟那身体向前、脸部向后的奇怪姿势让卢拉目瞪口呆。他们总能做出怪异的事情。卢拉试着转了转脑袋，可是连幼鸟一半的角度都转不了。卢拉想要模仿幼鸟，身体却整个向后翻了过去。

盛夏的一个夜晚，卢拉与奥福特来到上游捕鱼。

河面在月光的映照下闪闪发光，仿佛有人往水面撒了一把银色的沙子。时不时传来轻微的声响，是鱼儿跃出水面，然后又像野猪的獠牙在空中交错而过，消失在水里。

森林里一片寂静。突然，这片寂静被红角鸮的叫声刺破了。"噗！咆！嚓！"——那是一种穿透力很强的硬邦邦的声音。

"号，号——号，号——"圆润悠长的声音夹杂着红角鸮的叫声传来。这是一对鹰鸮在歌唱。鹰鸮和红角鸮都是为了养育幼鸟从遥远的南方飞来的。

下游传来类似啄木鸟啄树时发出的快节奏的声音，一连串"咆咆，咆咆"的声音夹杂着树叶的沙沙声传来。与啄木鸟啄树时发出的硬邦邦的"击鼓声"不同，那是一种圆润饱满的声音。有时还夹杂着"喔，喔"的叫声，像是在从旁助威——是一对领角鸮在互相呼唤。

夜晚是猫头鹰们享受盛宴的时刻。他们争相唱起恋歌，威吓小鸟和老鼠，将这些小动物端上餐桌，等待喜悦时刻的到来。

毛腿渔鸮妈妈停在水曲柳树上。在一群陌生家伙中间忽然遇到老朋友,卢拉感到很开心。不知为何,这种开心让卢拉松了口气。

月光下,毛腿渔鸮妈妈嘴里衔着的鱼闪着银光。"她抓到了一个大家伙!"卢拉十分佩服。妈妈露兹也很善于捕鱼,不过毛腿渔鸮的本领也毫不逊色。只见她嗖地俯冲到水面,用锐利的爪子转瞬间就捉到了一条鱼,在四溅的水花中飞走了。那雄壮的身姿每次都让卢拉痴迷不已。

"啪飒啪飒!"随着一阵毫无忌惮的声音传来,两只小小的毛腿渔鸮突然从黑暗中现身了。幼鸟虽然已经出窝了,不过目前还是和母亲一起行动。

"已经能飞那么远了啊!"卢拉佩服地看着他们,只见年轻的毛腿渔鸮凑到妈妈身旁,用尖锐的声音叫了起来,挥动着翅膀,向妈妈要食吃。

体形稍大的幼鸟从妈妈那里抢到了鱼。他轻飘飘地飞到另一根树枝上,狼吞虎咽地吃了起来。小个子幼鸟十分羡慕地看着这一幕,却不去争抢。看样子谁先抢到食物,谁就是赢家。

小个子幼鸟盯着河面看了一会儿,突然飞起来了。看来他受不了了,要去自己抓鱼吃了,卢拉心想。

紧贴着水面飞行的幼鸟突然将两爪伸进了水里。顿时水花四溅,闪闪发亮,仿佛洒下了许多亮晶晶的小星星。

可是太遗憾了！他的爪子什么也没抓到，只有水珠不断滴下来。幼鸟再次铆足了劲儿，两只爪子猛地冲进水面，可是仍旧一无所获。同样的动作他重复了三次，都失败了。幼鸟放弃了，飞回了冷杉树枝。

毛腿渔鸮妈妈一直远远望着幼鸟所做的一切。当看到幼鸟返回枝头不再尝试时，她飞了起来。

她啪飒啪飒地扇动着宽大的翅膀，停在一根伸展到河面上方的椴树枝上。

毛腿渔鸮飞翔时，羽毛会发出很大的声响。这是毛腿渔鸮和其他猫头鹰相区别的特征。其他猫头鹰依靠捕获地面的野兽和小鸟为食，为了能够顺利抓到猎物，他们拥有两个武器。

一个是敏锐的听觉。他们甚至可以迅速捕捉到老鼠踩踏枯叶的窸窣声这类细小的声音。并且为了准确命中目标，他们的脸部进化成了收音器的形状。硕大的脸盘由两个分别以眼睛为中心的圆盘组成，正是这两个圆盘发挥了收音器的作用。有趣的是，左右两个圆盘的大小并不一样。猎物发出的声音抵达脸部收音器时，左右两个圆盘接收到声音的时间有微小的时间差。根据这个时间差，猫头鹰可以判断猎物的方向和距离。

这同雷达的原理是一样的。雷达被付诸使用是在第二次世界大战时，距今只有几十年，而猫头鹰早已在几千万年以前就完成了雷达装置的进化。

　　猫头鹰的另一个武器是消音装置。他们的飞羽十分柔软，飞翔时几乎没有声音。所以，他们能够像忍者那样悄悄接近猎物。

　　然而，毛腿渔鸮的飞羽却很坚硬，无法消除声音。这样的生理构造是有原因的。如果羽毛很柔软，在飞进水中时羽毛就会吸水，那么起飞就会变得很困难。还有一个原因：毛腿渔鸮的猎物主要是水中的鱼，没有必要消除掉飞羽的声音。

　　毛腿渔鸮妈妈眼睛一眨不眨地盯着水面。一条鱼的影子在水中闪过，她瞬间便冲了下去，一双爪子啪地插进水里。随后，她伴随着一大片水花腾空而起，一双爪子牢牢抓着一条长达四五十厘米的茴鱼。

　　毛腿渔鸮妈妈把茴鱼递给了那只因为狩猎失败而无精打采的小个子幼鸟。幼鸟扇动着翅膀发出叫声，高兴地接过了鱼。

　　卢拉真是佩服极了。雌鸟是在教给幼鸟捕获猎物的方法啊！虽然水獭和毛腿渔鸮的狩猎方式不同，不过卢拉还是回想起了妈妈教他捕鱼时的情景，他对毛腿渔鸮越来越有亲切感了。

绿头鸭母子

目标是绿头鸭

母亲露兹带着三个孩子一起生活的日子,或许是卢拉一生中最幸福的时光吧,每天都是那么开心。小水獭们常常在母亲的带领下去上游或下游捕鱼,不过他们的活动总是以白杨树里的巢穴为中心。

鱼自然是他们最爱吃的食物,除此之外,他们也经常吃一些虾、青蛙、昆虫等。水里有许多水生昆虫,例如蜻蜓的幼虫水虿,还有蜉蝣的幼虫。只要翻开石头,就会蹦出许多幼虫和虾虎鱼,实在是有趣。

鸟类的卵也是水獭爱吃的美味。河里有许多鸟类，如鸳鸯、绿翅鸭、绿头鸭、针尾鸭等鸭类，以及赤颈䴙䴘等水鸟。大天鹅和白头鹤也在这里筑巢孵化幼鸟。不过，由于有亲鸟的守护，这种大型水鸟的卵或是幼鸟并不好下手。

在水草茂盛、水流平缓的地方，住着绿头鸭一家。一只头部和颈部长着绿色羽毛的雄性率领着四只雌性，过着一夫多妻的和睦生活。

雌鸭们各自在芦苇丛中做了窝。她们总是紧紧抱着蛋，一坐就是一整天，就算卢拉他们想下手，也没有机会。

要是肚子饿了，雌鸭有时一天中会有一两次离开鸭巢。这时雄鸭会跟在雌鸭身边保护她。如果要夺走鸭蛋也只能趁这个机会了。

长着黑色羽毛尖儿的雌鸭是四只雌性中最弱小的，她的窝做在稍微偏一些的地方。卢拉瞅准了黑羽雌鸭出去觅食的机会，悄悄地跑去观察情况。用草做成的圆形窝里，竟然躺着八个蛋。"太好了！这些都是我的了！"卢拉用舌头舔了舔嘴唇。接下来的问题就是如何把这些鸭蛋运出去了。在这里把鸭蛋敲碎直接吃掉也可以，不过很有可能吃着吃着亲鸟就回来了。

"咕哎！咕哎！咕哎！"传来一阵急促的愤怒的叫声，是绿头雄鸭的声音。紧接着，鸭妈妈发出一连串的

"咕哎——"声，然后是啪嗒啪嗒拍翅膀的声音。看样子是鸭妈妈匆匆忙忙地回来了。

卢拉赶紧撤退，藏进了草丛里。

一只鸢在天空中低低地盘旋。他把尾羽张成扇形，缓缓地盘旋着。绿头雄鸭一边"咕哎！咕哎"地叫着，一边不停地挥动翅膀游过水面，甚至跳起来进行威吓。他是在守护他的家族。卢拉缩成一团，蹲在草丛深处。

不到一个月的时间，绿头鸭的幼鸟便陆续孵化出来了。河流顿时热闹起来。黑羽雌鸭仍旧和其他雌鸭保持着距离。八只小鸭崽排成一队跟在鸭妈妈的身后，真是一幅悠然自得的美景。"要是能把那些小鸭崽捉来吃，想必是一顿美味大餐。"卢拉每次见到这幅情景都忍不住会这样想。可是鸭妈妈对自己的孩子看得很紧，卢拉一直找不到可乘之机。

黑羽雌鸭一家上岸了。他们梳理着羽毛，沐浴着八月末的柔和日光，享受着晒太阳的惬意。十几只绿带翠凤蝶正聚在一起喝水，蓝紫色的翅膀在阳光下熠熠生辉。

卢拉正在岩石上吃一条小鱼，他忽然看见一只黄红色动物从草丛间迅速闪过——是狐狸。不好！自己完全不是那家伙的对手。卢拉提高了警惕，做好了随时跳入河里的准备。

狐狸的目标是小鸭崽。他蹑手蹑脚地靠近雏鸭，突

目标是绿头鸭

然开始冲刺，朝着雏鸭猛扑过去。

小鸭崽惨叫着，勉强躲开了狐狸的攻击，飞着逃跑了。

鸭妈妈没有逃跑，而是拖着一只脚——那只脚仿佛受伤了，慌乱地扇动着翅膀。

即便小鸭崽拼尽全力逃跑，也没有狐狸的速度快。如果狐狸去追雏鸭，百分之百可以抓住雏鸭。可是，在狐狸看来，比起雏鸭，吃他们的父母岂不是更划算？——这是毋庸置疑的。"太好了！这家伙脚受伤了，看你往哪儿跑！"狐狸迫不及待地朝鸭妈妈扑了过去。

狐狸的攻击正中黑羽雌鸭的下怀。她一直伪装成受伤的那只脚突然变得十分灵活，迅速躲过狐狸的攻击后，雌鸭转到了树后面。接着，她的脚似乎又不好使了，一瘸一拐地走着，拍打着翅膀，做出一副要同狐狸对抗到底的样子。

狐狸发动了三次攻击，鸭妈妈都巧妙地躲开了。在这期间，雏鸭好不容易都走到了河边，一个接一个地跳下水，藏到芦苇丛中去了。

当鸭妈妈看到雏鸭全都顺利逃走了，她突然精神一振，飞了起来。然后，她低飞掠过目瞪口呆的狐狸头顶，仿佛在嘲笑狐狸的愚蠢。随后，雌鸭飞向河面，在雏鸭们聚集的水面降落了。

"嗯？还真有两下子。"卢拉将雌鸭的巧妙战术从头到尾都看在眼里，心里与其说是钦佩，不如说是愕然了。如果自己也遭到狐狸的袭击，能否采用这个战术逃脱呢？对了，水獭没有翅膀，估计行不通。不过不管怎样，若是雌鸭稍有差池，现在就成了狐狸的盘中餐了。鸭妈妈对雏鸭竟然有着如此深厚的母爱，卢拉被彻底折服了。

卢拉在潜入水中游泳的时候，总是会立起胡须，并把胡须绷得紧紧的。胡须根部有许多细微的神经，能够敏感地察觉出水的波动。

鱼在游泳时，水会摇晃。水獭的胡须能够敏锐地捕捉到这种微小的晃动，因此即便水很浑浊，他们也知道鱼在哪个方向，还能够根据水波摇晃的强度判断出鱼的大小和速度。

卢拉接近绿头鸭时，感到了和鱼不一样的水波晃动。

卢拉忽然想到了一个有趣的主意——把雏鸭当成鱼不就行了！之前他总是看着雏鸭在水面上游来游去，鸭妈妈的存在让他不敢靠近，不过若是在水下袭击雏鸭，应该会成功吧。

卢拉钻进水里，跟在绿头鸭母子的队列后面。雏鸭用脚掌划水时产生的波动传递到了卢拉胡须根部的神经上，这让卢拉感到愉悦。他越发靠近了，可以看见好多只橘黄色的脚掌排成几排，有节奏地前后划动着。如果从下面咬住那些小脚丫，应该不会被踢开。

卢拉将鼻子伸出水面使劲吸了一口气，悄无声息地潜入了水里。他开始全速前进。他的尾巴不停地左右摇动，很快就逼近了雏鸭。

卢拉朝着那些像小树枝分叉似的小脚丫猛扑过去。雏鸭大吃一惊，朝卢拉的鼻子尖狠狠踢了一脚。

一股意想不到的强大力道让卢拉在一瞬间向后缩了一下，不过他随即迅速咬住了想要逃跑的雏鸭的脚趾尖。

雏鸭发出刺耳的尖叫声，拍打着翅膀想要逃跑。"休想逃掉！"卢拉这样想着，猛地向下一拽，想要潜到深水里去。只要把雏鸭拽进水里，他应该会窒息而死。如此一来正合我意——就可以把小鸭崽带到远处美美地享用一顿大餐了！

咣——！卢拉的脑袋里突然传来一阵轰鸣，震得眼珠几乎要蹦出来了。

听到惨叫后飞来的母鸭用尖利的嘴照着卢拉的脑袋狠狠啄了一下。卢拉一下失去了意识，放开了咬在嘴里的鸭爪，身体快速滑向河流深处。

醒来时，卢拉发现自己正躺在草丛上，不知是谁在舔他的身体。

模糊的视线中出现了露兹的脸。卢拉一下跳起来，发出"克呦，克呦"的惨叫般的声音，钻进了露兹的怀里。

刚才真是千钧一发。露兹发现了昏迷后被河水冲走的卢拉，便叼着他的脖子将他拖到了岸边的草丛里。现在看来，失去意识反而是件好事。

卢拉若是抵抗雌鸭，一定会遭到毫不留情的攻击，再也无法浮出水面，用不了多久就会窒息而死。看来真不该在好奇心的驱使下跑去捉绿头鸭。水獭还是应该老老实实地捉鱼啊！卢拉心想。

大斑啄木鸟

雪兔的神奇之处

"呼——呼——呼——"大风仿佛要把身体撕裂似的席卷而过。小雪被大风裹挟着,以极快的速度吹过,就像是流云飘过一般。风雪刮过树干,将树干刷成了雪白,摇晃着树枝,将针叶树的树叶扯下来吹向高高的天空。

有时,暴风雪会不间断地肆虐三四个小时,然后就像有人按下了按钮一样突然停了。接下来就是宛如夜晚的黑暗一般令人毛骨悚然的寂静。看来开足马力四处奔腾的风神也有疲倦的时候。

如此寂静的时光通常不会超过三十分钟。"嗷——!"突然,可怕的呼啸声响起,大风开始旋转着前进了。红松粗壮的树枝被吹断刮跑了,冷杉老树被撕裂了,大声哀嚎着。撕开的口子里刮进了像冰粒似的细雪,仿佛缠上了纱布,伤口在刹那间被堵上了。

这是卢拉出生以后迎来的第一个冬天。

斯佩特拉河结冰了,在河里捕鱼变得越来越困难。露兹一家回到了桦树林清泉,主要在这里觅食。

卢拉还没有离开母亲,所以到了晚上仍旧会回到露兹的巢穴,和母亲生活在一起。不过他渐渐萌生了独立的念头,独自行动的时候越来越多。有时他甚至会在好奇心的驱使下跑到很远的地方去。

卢拉有一个心爱的秘密基地。就在距离露兹巢穴一公里的地方,他发现了一眼小小的清泉。这里有许多青蛙。他注意到这个地方,就是因为看见爱吃青蛙的毛腿渔鸮常常飞来这里。

泉水不大,所以只有小鱼。不过到了冬天,当一切都被冰雪掩埋,河流也结了冰,有青蛙会聚集到这处泉水来。卢拉没有跟家里人提起过这个地方,有时他会悄悄跑去吃一顿青蛙大餐。

有一天,突然刮起了暴风雪。

卢拉在一棵树的树根上找到了一个洞穴,他钻了进去，耐心地等待暴风雪结束。听着大风的呼啸声与树木的悲鸣，卢拉昏昏沉沉地打起盹儿来。

由于不能外出觅食，卢拉饿得肚子咕咕叫。幸好洞穴深处有许多松树和桧树的果实——这些都是松鼠在秋天储存的食物。

为了做好过冬的准备，松鼠们忙碌地收集各种果实，把果实埋在土中或是储存在洞穴里。不过由于埋藏果实的地点太多了，健忘的松鼠常常忘记自己把食物埋在了哪里，所以在森林中常常能发现被他们弃之不顾的食物仓库。这个洞穴恐怕也是其中之一吧。卢拉饿了的时候就去啃松子吃。

肆虐了两天两夜的暴风雪终于停了。

透过树林可以窥见晴朗的蓝天，太阳洒下温暖的阳光。卢拉松了口气，走出洞外。

昨天深夜还在呼啸的暴风雪早已烟消云散，森林迎来了一个祥和宁静的早晨。阳光穿过落光了叶子的枯树倾泻而下，卢拉沐浴在日光中晒了一会儿太阳。

气温非常低，不过躺在没有风的向阳处晒太阳，身上感觉暖洋洋的。

卢拉用力伸了个懒腰，打了个大大的哈欠。因为有树木果实充饥，他没怎么挨饿。可是两天都躲在巢穴里，身上的肌肉都僵硬了。他得赶快回家了。

卢拉匆匆忙忙地出发了。

银白色的大地上，有雪兔的点点足迹。看来雪兔也被暴风雪困住了，一定是肚子饿了，出来四处寻找食物了。

因为雪兔的足迹正好与卢拉归巢的路线相同，卢拉便决定循着雪兔的踪迹前进了。

雪兔的脚印很特别。若是普通的野兽，前脚的脚印会在前方，后脚的脚印则紧随其后。这是十分自然的道理。可是雪兔的脚印却完全相反。也就是说，从脚印上来看，是后脚在前，前脚在后。

不仅是雪兔如此，兔类动物都具备这个特征。这是因为兔类要时刻防备貂、狐狸和鹰的袭击，是弱势动物。

兔子们为了生存下去，必须掌握从天敌那里巧妙逃脱的技巧。这就需要他们拥有快速奔跑逃命的能力。

老鼠等小型动物被天敌攻击时，能够逃进地洞或倒木下面。可是像兔子这么大的体形是无法做到这一点的。不但如此，兔子也不像鹿或羚羊那样长着长长的腿，可以飞速逃跑。像鹿或羚羊这种拥有庞大体格的动物自然能够拥有一双长腿，可是兔子这样的体格即便是长了稍长一些的腿，速度也可想而知。兔子的体形实在是有些不上不下。

那么，兔子该怎么办呢？他们开动脑筋想出了办法。

也就是说，兔子并不是四只脚交替着"奔跑"，而是"一蹦一跳地跑"。所以兔子的后脚比前脚大出许

多，而且腰部很发达。兔子慢慢行走的时候，也是前脚先着地，然后再抬起大大的后脚跟上，就这样向前行走。

因此，兔子的足迹任谁看来都是十分怪异的。两个小脚印一前一后交错开，在他们前方是并排的两个长长的脚印，仿佛是将兔子的两只耳朵按到地上形成的印记。两个并排的大脚印自然是两只后脚的脚印。雪兔后脚脚心生长着密密的硬毛，在雪地里行走时就像穿了一双走雪套鞋，脚不会陷入雪里。

雪兔的足迹不是笔直的，而是弯弯曲曲的之字形。脚印之间相隔五十至六十厘米，可见雪兔是一边走一边悠闲地觅食。雪地上零星撒落的黑色粪便也证实了这一点。在自己走过的路上留下有气味的东西是极其危险的行为。这场暴风雪刚刚结束，雪兔一定是觉得那些袭击自己的可怕动物们还在休养。

雪兔漫无目的地走着，边走边吃着荚蒾、卫矛、地锦槭、榛树这些树木的冬芽。有时他只啄食冬芽，有时则用锋利的牙齿啃下细枝，将细枝连同冬芽一起吞下。地锦槭的树皮有些许甘甜的味道，雪兔一定很喜欢吃。有许多小树枝都被啃掉了尖儿，只留下黄白色光秃秃的顶端朝天撅着，挺立在寒冷的空气中。

卢拉也想吃吃看。枝头上并排长着三个暗紫红色的椭圆形冬芽，卢拉站起身，用嘴巴将它们摘下来吃下了肚。淡淡的甘甜中带着一丝苦涩，当作零食来吃应该不错！卢拉心想。这两天他吃的尽是些树木的果实，于是他把看见的冬芽全都大口大口地吃掉了。

穿过冷杉树林，卢拉来到了一个生长着高大春榆的地方。

他忽然停住脚步，看了看四周。到处都是雪兔慌乱的足迹，并且那些足迹在这里就中断了。

难道是雪兔遭到了袭击，被吃掉了？卢拉越想越觉得不可思议，开始仔细查看那些杂乱的脚印。如果是遇袭，应该会有散落的兔毛和血迹，可是四周完全找不到这类踪迹。卢拉仿佛遇到了一个谜题，他呆呆地坐在原地，陷入了沉思。

"嗒啦啦啦啦，嗒啦啦啦啦！"森林中突然传来一阵轻快的声音，声音在林中穿过，清澈的空气也随之震颤。

这是大斑啄木鸟欢快的小鼓声。它仿佛是个信号，紧接着，从远方、从森林的每个角落都传来轻快的声音。这些都是大斑啄木鸟啄树的声音，而声音之所以各不相同，是因为敲击的树木种类不同。

大斑啄木鸟通常是雄鸟和雌鸟成对生活，并拥有自己的地盘。他们啄树正是为了守护各自的地盘。啄树相当于发出这样的信号："这里是我们的地盘。外来者禁止入内！要是胆敢踏入一步，可别怪我们不客气！"

在大斑啄木鸟的"敲鼓声"中，还夹杂着"吱！吱"

的叫声。卢拉十分敏感地捕捉到了那个声音，侧着耳朵听起来，耸动着鼻子嗅来嗅去。

卢拉灵敏的嗅觉捕捉到了一丝野兽的气味，那是危险的气味，一定是狐狸！卢拉处在下风向，所以狐狸不可能闻到他的气味。要想逃的话就趁现在了！

卢拉迅速转身，悄无声息地溜进了左边一丛枝叶繁茂的刺五加中。

若是在水中，卢拉基本上有信心战胜任何动物，可是在陆地上他跑得太慢，和狐狸作战肯定会处于下风。卢拉在雪地里挖了个洞，将身体藏在里面，屏住呼吸，一动也不动。

危险的气味渐渐远去了。雪兔那家伙搞不好被狐狸干掉了。卢拉这样想着，正准备从刺五加丛里出来，突然惊得呆住了。他发现有一串兔子奔跑的脚印从刺五加丛里直直地延伸出去。

卢拉佩服得五体投地。这真是一个令人意想不到的巧妙战术。雪兔或许是察觉到卢拉跟在自己身后，又或是发觉有一只饥饿的狐狸正在四处寻觅猎物，总之，他使出了中断自己的脚印这个绝招。

这便是兔子用脚印迷惑敌人、甩掉敌人的战术。兔子先是前进几步，接着再倒退回来，将这个过程重复好几遍，突然噌地一下跳到旁边。这样他的脚印就中断了。第一次看见这个场景的卢拉惊讶不已。而且，那些脚印即便是出了刺五加丛，也是时进时退，留下的痕迹异常复杂，后面的追踪者无法简单判断出应该追踪哪一个脚印。想必跟到了这里，追踪者一定会张皇失措，不知如何是好了吧。

在弱肉强食的动物世界，捕食者与被捕食者都在想尽各种办法生存下去。在这里晃来晃去太危险了，卢拉像是突然被雪兔的智慧点醒了，加快脚步朝桦树林清泉走去。

战斗的雪兔

关于雪兔,还有一个难忘的插曲。

那是在二月中旬,天气仍然十分寒冷,暴风雪还在肆虐。可是不知是不是心理作用,透过枯树照射进来的阳光已经有了一丝暖意,树木的嫩芽也略微鼓了起来,让人感到春天临近了。

在一个天光尚未退去的黄昏,卢拉沿着河走在从桦树林清泉回家的路上。

雪兔的脚印一直通向上游。在无雪的季节,雪兔喜欢去河岸边的柳树林和灯芯草簇生的地方。那里有丰富的食物，还有理想的藏身之处。当雪越积越多，柳树叶都掉光了，灯芯草也枯萎了，可是住惯了的地方总归还是让人放心，雪兔大都继续在河岸一带出没。

天空被晚霞染红了。在红色光辉的映照下，森林也变得通红通红的。在冷杉和红松这些针叶林里，较弱的光线照不到树林的下半部，所以那里仍旧是一片黑绿色与黑暗相交融。不过由下向上望去，树木渐渐被染成了朱红色，像矛一样突出的树冠则被涂上了一层耀眼的红色，仿佛一排排小小的红色尖塔。

晚霞的光透过枯树照在林间的雪地上，仿佛铺上了一层淡粉色的纱。卢拉身上也染上了一点朱红色，他一溜小跑穿过树林。

卢拉眼前出现了一片开阔地带，那里零星生长着一些白桦树。卢拉停住了脚步，瞪大眼睛。投射着淡淡树影的雪地上，有一块宽四五十厘米的红褐色图案。

"血！"卢拉心中立刻涌上这个字眼，他顿时拉开架势，采取了警戒的姿势。在森林中，永远无法预料会在何时遭到谁的攻击，一瞬间的大意有时就会要了命。这种事情经常发生。

那块血迹的周围有许多乱七八糟的兔子脚印。这是兔子遇袭时留下的痕迹吗？可是四周却找不到散落的毛发。卢拉把眼睛瞪得溜圆，仔细在雪地上寻找着。

若是遭到袭击的话，一定会留下攻击者的足迹。可是除了雪兔的脚印之外，卢拉并没有发现其他足迹。

另外，关于这些脚印，也有一个令人费解的地方。在貌似血痕的图案周围，有许多杂乱无章的脚印，其中有脚印径直通向前方东边的树丛。那应该是雪兔逃跑的踪迹。

但是，让人头疼的是，还有一串脚印通向与这串脚印几乎成直角的南面。

兔子的脚印可以很容易辨别出前后的方向，据此判断，另一只兔子是从南面的白桦林里跑来，在血迹周围与这里的兔子会合。如此一来，通向前方林地的脚印应该是两只兔子的脚印。

卢拉再次环顾四周，确认安全，没有危险。卢拉想解开围绕着疑似血迹的一系列谜团，便朝着那个方向追了过去。

比血稀薄的液体将雪地染成了红色，四周还飞溅了许多红色斑点。可是，血迹应该有浓有淡，但这种液体却是一个浓度，看不出浓淡。

还有一个决定性的因素证明了这种液体不是血迹，那就是气味。血的气味会让卢拉的心怦怦直跳，有令人兴奋的作用。可是这种红色液体完全没有这样的作用。

"真是奇怪的味道。"卢拉这样想着，将鼻子凑上前去嗅了又嗅。那是一种他从未闻过的刺激性气味。"真难闻。这究竟是什么？"卢拉陷入了沉思。

卢拉推测得没错。通往东边树林的足迹是两只兔子的脚印。其中一只体形比较大。大兔子从西边跑来这里，追随卢拉跟踪的那只兔子钻进了东边的树林。

"嗯，看来猎物有两只啊。先抓哪一只呢？"卢拉内心一阵狂喜，顺着两只兔子的脚印追了上去。

穿过白桦林，卢拉进入了一片榛树、迎春和地锦槭混杂生长的树丛。突然，他听见一阵从未听过的"该，咕，咕"的叫声。"雪兔应该是不会叫的。那是什么声音呢？"卢拉加快了脚步。

他在一片日本落叶松的疏林里发现了两只雪兔。在他们前面，照例洒着那种红色液体。

卢拉藏在一棵日本落叶松后面，屏住呼吸。雄兔正围着雌兔一圈又一圈地奔跑，雌兔一直蹲着不动。雄兔左右摆动着屁股，朝雌兔喷射小便。

这是雄兔对发情的雌兔采取的求爱行为。事实上，让卢拉惊奇的像血一样的红色液体是发情雌兔的生殖器的分泌物。

雪兔——无论是雌兔还是雄兔——总是独自生活。有时雄兔和雌兔会偶然相遇，可有时很长时间也见不上一面。在这种情况下，即便雌性发情，也很有可能在没遇上雄性时发情期就结束了。因此雌兔会分泌红褐色液体作为发情的信号，用颜色和气味通知雄性。

卢拉自然不会知道这么多细节，不过他还是本能地感觉出那是雄兔和雌兔之间一场关于情爱的华丽行为。

雄兔在雌兔周围跳跃着，一遍遍地向她求爱。雌兔渐渐地也经不住这种诱惑了。他们开始进行交配，雄兔从喉咙里挤出"该，咕，咕"的叫声。卢拉听见的可疑声音便是雄兔此时发出的声音。

这时，突然发生了一件意想不到的事，一只耳朵尖上豁了一道口子的年轻雄兔突然闯了进来。

交配完毕后的雄兔和雌兔双双并排躺在雪地上休息，那只豁耳雄兔突然凑上前来，将鼻子伸到躺在雪地上的黑鼻头雄兔的眼前嗅了起来。雪兔的视力很差，只能依靠嗅觉确认对方。

正在休息的黑鼻头雄兔吓了一跳，顿时跳了起来，朝这个没礼貌的豁耳兔猛地扑了过去，一口咬住了对方的脸颊。

豁耳朵挣脱开黑鼻头，迅速向后退去，四只脚紧紧扒住地面，拉开架势，仿佛在说：放马过来吧！

两只雄兔互相瞪视了一会儿，突然发生了激烈冲突，黑鼻头用锐利的牙齿把豁耳朵的脑袋撕开了一个大口子。豁耳朵"吱——"地惨叫了一声，伏在雪中蹲了下来。

卢拉没想到胆小的雪兔竟然会发生如此激烈的战斗。若是在平时，即便是隐约看到卢拉的身影，他们也会立刻警惕起来,嗖地逃没了影。而且就算是突然遇见他,或是被敌人追赶这类紧急时刻,雪兔也绝不会发出声音。不过现在看来,在他们交配时或是被咬伤感到疼痛时,还是会出声的。这些卢拉都是第一次知道。不过,突然发起战斗的豁耳朵兔子究竟是从哪儿来的?

卢拉自然不会知道他的情况。豁耳朵是流浪的兔子。

雪兔是有自己的地盘的,尤其是处于交配期的雄性对自己的地盘看得很紧。没有能力拥有地盘的年轻兔子会四处流浪,若是发现了发情的雌兔就会想去找她交配。豁耳朵就是这种流浪兔子。

他嗅到了雌兔分泌的红色液体的气味,顺着足迹一路追到这里,竟然发现黑鼻头已经占有了雌兔。豁耳朵顿时怒火中烧,不顾一切地向黑鼻头发起了挑战。

两只雪兔拼死战斗着。他们用尽一切战术,飞踢、撞击、猛咬,力图让对方屈服。平日里安静老实的兔子战斗起来竟然如此激烈,卢拉在一旁看傻眼了。

年轻力壮的豁耳朵在体力上略占优势,可是毕竟敌不过战斗经验丰富的黑鼻头。黑鼻头将锋利的牙齿插进了豁耳朵的脖子,两只兔子在雪地上翻滚着、扭打着,鲜血像被风吹散一般四处飞溅。

豁耳朵终于没了力气,横躺在雪地上不动了。黑鼻头直立起上身,像是在炫耀自己的胜利。他竖起两只耳朵,抽动着鼻子,追寻着早已逃跑的雌兔的踪迹,消失在森林深处。

豁耳朵或许受了致命伤，躺在雪地上一动不动。卢拉心中暗喜。一只兔子把另一只兔子杀死了——他竟然会遇上这等好事！若是只凭自己的力量，卢拉没有信心打败体格雄壮的雪兔。他的肚子"咕"地叫了一声，嘴里开始流口水。卢拉兴高采烈地朝躺倒在地的雪兔跑了过去。

一股血腥味儿扑面而来。年轻雪兔的喉咙被咬破了，他伸展着四肢，侧躺在雪地里。

从哪里下口呢？卢拉伸出舌头舔了下嘴唇。内脏是最好吃的，那就先吃内脏吧。可是他转念一想，咬破雪兔那长满了厚密绒毛的肚子估计得花上一番工夫。如果不快些下手，饥饿的紫貂和狐狸就会闻着血腥味赶过来了。要快！

还是从喉咙开始吧。那里已经被胜利的雄兔咬开了一个口子。就从那个伤口下手，把皮撕开吧！

卢拉完全陶醉在血的味道里，亢奋不已。一阵饥饿感袭来，再加上毫不费力地得到一只兔子的天大的好运，他不顾一切地冲上去咬住了雪兔的喉咙。

一眨眼的工夫，卢拉被高高地踢开了。豁耳朵只是暂时昏迷，并没有死。喉咙突然被咬让他清醒过来，发现有一只茶褐色的野兽正压在自己身上。他没有时间判断对方是狐狸还是水獭，为了摆脱危险，他本能地用后脚将那个动物用力踢开了。凝聚了全身力量的一击十分奏效,敌人被高高地踢飞了。豁耳朵立刻跳起来,朝着森林全速飞奔而去。

卢拉遭到了这意外的一击,根本来不及调整身体就一头撞在了西伯利亚落叶松的树干上。头部遭到重创的卢拉瞬间就昏了过去。

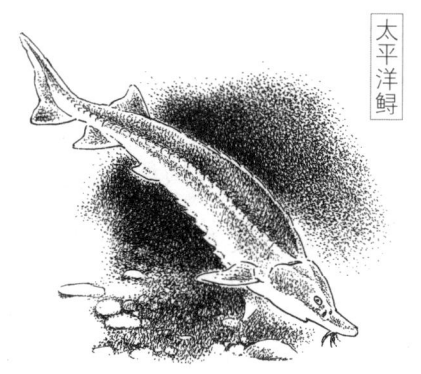

太平洋鲟

与太平洋鲟的战斗

阿穆尔河的秋天早早就来临了。椴树、黄檗和白桦树的叶子都变黄了，森林染成了一片耀眼的金黄色。七度灶和枫树火红的叶子点缀着金色的森林，美不胜收。

森林的地面还要美上千百倍。大红、绯红、金黄和紫色等色彩斑斓的苔藓覆盖着大地，仿佛铺上了一层彩虹地毯。地毯上结满了越橘和红莓苔子红色和紫色的果实。

卢拉和奥福特走在松软的彩虹地毯上，顺便摘一些越橘的果实来吃。

秋天为动物们准备了一个富饶的乐园。榛树、七度灶和英蒾那美味的果实压弯了枝头。熊、松鼠和睡鼠为了给即将来临的严冬做准备，拼命地大口大口地吃着树木的果实，松鼠忙着将果实收集起来搬运到巢穴里去。秋天里，所有动物都在为收获粮食而奔忙。

卢拉和奥福特已经一岁半了。他们告别了生养自己的故乡斯佩特拉河，踏上了旅途。他们的旅途并没有明确的目的地。若是日后找到了中意的地方，应该就会在那里定居下来。

两只小水獭已经长成了仪表堂堂的青年，浑身上下的毛变得油亮润泽，一举一动也很是敏捷了。

卢拉聪明体贴，心地善良，不过或许是因为好奇心太强，有时候略显冒失。

曾经胆小怕事的奥福特如今完全变了样，长着一副健壮的体格，力气也变大了，变成了一个勇敢的青年。奥福特喜欢冒险，但有些不够稳重，甚至会若无其事地做一些危险的事情。这一点让卢拉很是担心，有时他会制止奥福特的一些举动。

卢拉和奥福特出门远行是有原因的。

那是在二月底的时候，一个寒冷的冬日。水獭母子一家四口正在桦树林清泉捕鱼。这时，出现了一只体格雄健的雄水獭。他体内发散出来的力量让卢拉有一种不祥的感觉。

母亲露兹一开始对那只雄性十分警觉,渐渐地就表现出了一种漠不关心的态度。

雄水獭向露斯卡娅靠了过去。露斯卡娅害怕了,整个身体都变僵硬了。这时雄水獭摆出一副笑脸,像是某个热情的大叔似的坐在了露斯卡娅身边。

这时,露兹突然快速朝雄水獭跑去。

看来是要去收拾那个厚脸皮的大叔了——卢拉高兴起来,紧跟了上去,想要去帮忙。可是,卢拉完全想错了。

露兹的目标不是雄水獭,而是突然向自己的女儿露斯卡娅发动了攻击。露斯卡娅惨叫着跳进泉水里。更令人震惊的是,露兹十分亲昵地将身体贴近雄性,舔着他的脖颈,为他梳起毛来。

卢拉顿时勃然大怒,猛地扑向那只傲慢的雄水獭。可是,就算卢拉拼死战斗,也不是雄水獭的对手。雄水獭轻而易举地就把卢拉踢飞了,而且攻击了他,在他的背上狠狠咬了一口。

之后的事情卢拉就记不清了。他知道自己遭到了雄水獭的猛烈攻击,可是最让他无法理解的是露兹的态度。他刚一靠近露兹就被她无情地轰了出来,仿佛在说:滚到别的地方去!

卢拉和奥福特遭到了雄水獭的攻击,终于被赶出了

桦树林清泉。

与孩子们分别的时刻来临了。露兹之前一直在想,是时候让孩子们独立了。就在这时,壮年雄性出现了。

让露兹觉得到了与孩子们分别时候的原因还有一个,那就是露兹体内的性激素的作用。露兹的生理告诉她,该准备生产下一个孩子了。健壮雄性的出现,促使露兹行动起来,开始为孕育下一个孩子做准备。

如此一来,卢拉他们就有些碍事了。而且,孩子们在性方面也发育成熟了,已经具备独自生活的能力了。这种想法促使露兹斩断了她的母性本能,做出了赶走孩子的冲动性举动。

卢拉和奥福特沿着斯佩特拉河一直向下走,来到了一条波涛滚滚的浩荡大河前——是阿穆尔河。面对这条壮阔得超乎想象的大河,卢拉完全被震慑住了,他甚至感到了一丝恐惧。

河面上漂来一段干枯的榆木。卢拉和奥福特跳了上去。跳上去以后,卢拉心里渐渐平静下来了。榆木舟载着两只水獭,顺着阿穆尔河向下游漂去。木舟上的旅途是十分舒适的。他们完全适应了大河,将木舟作为根据地,饿了就下河捕鱼。河里的鱼多得数不过来,他们可以去捉那些自己喜欢的鱼,放开肚皮吃个够。

有一次卢拉潜到河底时,曾经碰上过一条奇怪的鱼。

那条鱼身长一米多,背部呈青黑色,皮肤像是打磨过的岩石。背鳍就长在尾鳍的附近,背鳍前面是一排像骨头一样的三角形凸起,一直延伸至头顶,同样的凸起在腹部的正侧面和鳃部至尾部之间也有。不过在向前突出的尖嘴下方垂着两根触须,这给他原本冷酷的形象增添了几分滑稽感。

"真是个怪家伙,简直就像是石头做的,我的牙估计也咬不动吧。"卢拉一边想一边远远地眺望着他。

这是卢拉与太平洋鲟的初次见面,难怪他会吃惊。太平洋鲟把嘴杵到河底的淤泥里,不停地嚅动着嘴巴。与他的冷酷形象不相称的是,他的食物竟然是淤泥中的昆虫和小鱼。为了方便进食,太平洋鲟的嘴巴像鲨鱼那样长在了脸的下面。他虽然和鲨鱼在外形上有些类似,却不是鲨鱼的同类,也没有锋利的牙齿。人类视若珍宝的"鱼子酱",正是鲟鱼的卵。

卢拉浮出水面,开始呼唤奥福特。奥福特正在木舟之家里睡午觉,听到卢拉的呼唤后立刻跳下水,嗖嗖地游了过来。

两只水獭再次潜入河底,发现那只样子奇怪的鱼还在拼命地拱淤泥呢。

奥福特也吓了一跳,盯着看了一会儿,他那与生俱来的冒险精神又翻涌了起来。奥福特只要一兴奋,白色的胡须就会微微颤抖起来,卢拉知道这一点。他竟然想要去抓那种硬得像石头一样的鱼，怎么可能咬得动呢？

卢拉紧紧抓住奥福特的前爪。

奥福特甩开卢拉的前爪，迅速绕到鲟鱼的身后，突然一个转身。太平洋鲟大吃一惊，刺溜一下向前游了好几米。

卢拉转瞬间就游到了怪鱼的身旁。

太平洋鲟仍旧若无其事地在淤泥里觅食。不能慌，得把这家伙赶到浅滩那里，还不能让他受惊，这样或许能顺利抓住他。

奥福特察觉出了卢拉的意图，便绕到鱼的身后，用尾巴轻轻碰了一下鱼的尾鳍。

太平洋鲟又向前蹿了一下。他们重复了几次这个动作，太平洋鲟不知不觉就游到了浅滩，又把嘴插进了夹杂着小石子的沙地里。那里有许多泥鳅、虾虎鱼和虾，太平洋鲟尽情地享受着美食的乐趣。

奥福特突然冲了上去。与此同时，卢拉也绕到了侧面，堵住了怪鱼的逃路。

怪鱼吓了一跳，径直朝前游去。奥福特想要咬住鱼的尾鳍，怪鱼甩开奥福特，用尽全力逃走了，可是却一下搁浅在水深十厘米左右的浅滩上了。

奥福特高兴得不得了，一口咬住怪鱼的尾巴根儿。"嘎嘎！"他听到了硬物碎掉的声音。奥福特还以为是自己的牙齿断了，结果发现是因为他咬在了三角形的坚硬骨骼上，把骨头咬碎了。

怪鱼身子向后一仰，上半身挺出了水面。可是，奥福特用尽全身力气咬住了他的尾巴，怪鱼没能跳起来，啪嗒一声落在了水面上。

卢拉看准这个机会，冲着怪鱼的喉咙扑了过去。他已经观察过了，喉咙附近的肉最软。可是，事情不会那么顺心如意。卢拉扑偏了，牙齿碰到了鱼鳃上。

鳃也是坚硬的骨骼构成的。卢拉的牙齿差一点就咬到鳃的内侧了，可是怪鱼猛地朝旁边甩了一下头，把卢拉甩了出去。

奥福特十分拼命。看到卢拉被甩出去了，他越发觉得决不能输给这个怪家伙，死也不肯松开鱼尾的根部，拼尽全力咬住牙关。如果尾巴被咬断了，即便是再难对付的怪鱼应该也游不动了。

太平洋鲟也不甘示弱。他把脑袋插进河底的碎石子里，以此为支撑，用尽所有的力气使劲摇动尾巴。

奥福特真不该一直咬着鱼尾巴不放。鱼尾巴大幅度甩向右侧时，奥福特的身体重重地撞在了河面上的倒木上。

奥福特"嘎"地大叫一声，之后便无力地倒下了。怪鱼趁着这个机会迅速向河水深处逃走了。

血从奥福特嘴里流了出来。他的一颗门牙不见了，两颗下牙松动了。或许是遭到了强烈撞击的缘故，他蹲伏着身体缩成了一团,似乎在强忍着疼痛。幸亏这里是浅滩,如果是深水区,他一定连游泳的力气都没有了,甚至可能已经溺死了。

卢拉叼着奥福特的脖子,总算把他带回了木舟上。卢拉筋疲力尽。卢拉丝毫没有受伤,可是奥福特却彻底没了精神,钻到木头凹陷处老老实实地蹲伏下来。

那条怪鱼究竟是什么?卢拉见过的鱼全都长着柔软的身体,可是那家伙身上像是包了一层石头。大河里果真生存着可怕的动物,今后可一定要小心了,卢拉顿时绷紧了心中警戒的那根弦。

白尾海雕

永别了,奥福特!

河水缓缓流淌,木舟悠悠地顺流而下。

河岸两侧的树林沐浴着夕阳的余晖,变成了一片耀眼的金黄色,一簇簇红叶点缀其中,为这幅金秋画卷增添了美丽的色彩。柔和的秋日晚霞大片大片倾洒在波涛起伏的水面上,七只大天鹅正游过河面,朝着河岸的草丛游去。其中灰褐色的五只大天鹅是今年出生的雏鸟。亲鸟抬起头,"高——"地叫了一声。金黄色的喙像镀了一层金似的闪闪发光。

夜晚来临时，天上的云突然多了起来，夕阳和星星也都藏了起来。黑暗笼罩着一切，河岸、流水，甚至是眼前的东西都看不见了。

卢拉十分担心日渐衰弱的奥福特，他凭借隐约传来的微弱气味能够判断奥福特所在的方位。

卢拉试着"咳咳咳"地呼唤了几声。奥福特有气无力地回应了一声，卢拉总算放心了。

卢拉的肚子咕地叫了一声。担心消失后，他才发现自己饿了。奥福特一定也饿着肚子呢，得给他找些食物，这样才能恢复精神。可是在这一片漆黑的深夜里怎么捕鱼呢？

水獭虽说是夜行性动物，但也常常在白天活动。即便到了晚上，也只是在黄昏时和晴朗的夜晚才活动。因为在漆黑的夜里，他们的视力完全派不上用场，这样的日子他们通常躲在巢穴里酣睡。不过，当一片漆黑的夜晚持续好几天，他们也不得不出门觅食。虽然眼睛完全派不上用场，不过如果最大限度地利用听觉和嗅觉，有时甚至能捉到老鼠。

可是，若是在水里会怎么样呢？偶尔也会有发声的鱼，不过一般的鱼类是不发出声音的，这样听觉就用不上了。通过气味确定鱼的方位是十分有效的，但是气味分子在水中扩散得非常广，虽然知道有鱼存在，却无法确定具体的位置。隐藏在沙子或石头下面的七鳃鳗和泥鳅比较容易找到，可是在深水区潜到河底是十分费力的，所以这个方法也行不通。

事实上，卢拉拥有在暗夜捕鱼的利器，那就是胡须。

水獭能够根据水流感知鱼微妙的动作。靠近鱼以后，就能够根据气味判断出鱼的方位。这种方法当然不像用眼睛寻找鱼的方法那样顺利，会经历许多次失败，不过最后也能逮到鱼。

卢拉终于下定了决心，一头扎进河里，费尽力气捉到了一只白鲑。卢拉吃了一半，剩下的一半给了奥福特。

半夜下起了大雨。卢拉本想等到早晨就能捉很多鱼给奥福特吃了，可是河流的水量一下变大了，河水变成了浑浊的黄褐色。

如果只是变浑浊，倒是还能用胡须捕鱼法弄到鱼，可问题是河水变得越来越湍急，木舟也加速了。如此一来在捕鱼期间木舟就会漂远了，很难再追上。

雨下了一整天。

卢拉和奥福特相互依偎着度过了一天。全身被雨浇透倒没什么，可忍受饥饿却是一件很痛苦的事情。

第二天，雨终于停了，可是浑浊的河流水势仍旧十分湍急。卢拉开始后悔把木舟作为栖息地了。若是在陆地上，不管下多大的雨都没事。只要在树根或岩石下面一直等到雨停为止就可以了。

到了傍晚，浑浊的激流开始变缓了。黑压压的乌云散开了，蓝天露出了脸。如果只是自己一个，卢拉倒也可以游到对岸去。可是他不能丢下奥福特不管，只能暂时忍耐饥饿，等激流平缓下来了。

一只白尾海雕在上空盘旋。在卢拉出生的清泉所在的森林，有时会看见这种雕的身影，在这里他每天都会出现。

白尾海雕的头部是浅褐色，张开的尾巴是白色的，所以即便从下面看也能立刻认出来。有时一只大雕身后会跟着一只全身长着黑色羽毛的雕。黑雕张开的巨大翅膀下面有两道白色的竖纹，是今年出生的雏鸟。

大雕有时会一面盘旋一面下降，在木舟上方低低飞过。卢拉心中有些介意。莫非他想袭击我们？卢拉不由得提高了警惕。

这只白尾海雕今年孵化了两只雏鸟。

雏鸟刚出生时浑身都长着白色的绒毛。随后，大一些的雏鸟会拼命地啄个子小的雏鸟，把他赶出巢外。亲鸟不会去施救。

雏鸟的食欲大得惊人，亲鸟无法同时喂养两只雏鸟。若是一个不小心，两只雏鸟都会因为营养不足而死掉。考虑到这一点，只能忍痛牺牲一只雏鸟，再精心哺育剩下的一只。这虽然很残忍，可只有这样才是有利的方法。这是大型食肉鸟生存下来的悲哀法则。

专门以捕鱼为生的白尾海雕因为这几天河水连续暴

涨，河流变得浑浊而无法捕到充足的鱼。饥饿难耐的白尾海雕在空中盘旋着，寻觅着猎物。这时，他看到两只水獭正坐在一棵巨大的枯木上顺流而下。

幼鸟刚刚离开巢，还不会自己捕食。必须给饿着肚子的幼鸟弄点吃的，就把那家伙干掉吧！白尾海雕妈妈瞄上了卢拉和奥福特，开始观察他们了。

白尾海雕一边在空中盘旋，一边思考该怎样发动进攻。如果漂流木的主人是狐狸或是貉，很容易就能得手。可是水獭就麻烦了，如果突然发动进攻他们就会钻进水里逃走，所以必须十分小心。

白尾海雕侦察了一会儿，渐渐掌握了两只水獭的状况。

其中一只水獭很精神，另一只体形稍大些的好像很虚弱，大多数时候都窝在树洞里，不怎么出来。看来只要去捉那只大一些的水獭应该就能得手。不过因为那家伙窝在树洞里，所以像往常那样从空中突袭猛抓猎物的方法不会奏效。

白尾海雕一个急转弯，落在了漂流木的一头。

幼鸟则降落在木头上伸出来的树枝上，"呱呱呱"地叫着。幼鸟那黑乎乎的喙一张一合，迫不及待地想要捕食猎物。

眼前这最糟糕的情况给了卢拉沉重的打击。然而，他必须想办法从这场危机中逃脱出来。

卢拉果敢地将奥福特护在身后,面对白尾海雕亮出了獠牙。如果对方敢靠近,只有拼死一战了。奥福特害怕了,躲进了树洞里。

白尾海雕瞪着目光炯炯的可怕的大眼,狠狠盯着卢拉,拍打了两三次翅膀,发出"呱呱"的尖厉叫声——小崽子,行啊!不过你完全不是我的对手。死亡!等待你的只有死亡!

白尾海雕丝毫没有害怕的样子,他一开一合地动着像钩子一样弯曲的喙,慢慢逼近卢拉。

白尾海雕张开翅膀,纵身一跃,张开像刀子般锐利的爪子,扑向卢拉。

卢拉在千钧一发之际闪开了。

白尾海雕转过身,紧接着发动了下一轮攻击。卢拉向旁边跳去,结果一个不小心被一块木疙瘩绊倒了,翻了个跟头滚了出去。

钢铁般锐利的喙嗖地啄了下来。卢拉感到尾巴一阵刺痛,迅速跳进了河里。

卢拉拼命地逃跑。恐惧充满了他的整个身体,他已经顾不上去救奥福特了。他游到木舟下面藏了起来。

卢拉尽可能地屏住呼吸,在水下潜伏了很久,然后从漂流木的裂缝里露出眼睛和鼻子,大口吸了一口气。"啪飒啪飒"——他听到了一个讨厌的声音。幼鸟"咕哎"地叫了一声。白尾海雕似乎飞走了。

卢拉循着声音传来的方向看去，只见两只白尾海雕迎着太阳急速飞上了天空。

得救了！在这个念头涌上来的瞬间，紧张的心情一下从体内消失了，就像胀鼓鼓的气球突然撒了气一样，卢拉浑身瘫软，好不容易才抓住漂流木的一角。

啊！卢拉突然想起了什么，他惊慌失措地环顾四周。奥福特不见了！

卢拉的脑中顿时一片空白。难道是被白尾海雕捉走了？卢拉盯着天空中渐渐远去的两只雕的背影看了起来，没有发现奥福特的身影。

卢拉连忙跳进水里。他瞪大了双眼，拼了命一般寻找奥福特，可是仍旧没有找到。奥福特一定是为了躲开白尾海雕的攻击掉进了河里，被浑浊的激流冲走了。奥福特的身体已经十分虚弱，没有力气游到岸上去，恐怕是用尽了力气以后沉到河底去了。

黑熊

新起点

天亮了,卢拉茫然地站在木舟上,凝视着前方。河流突然变宽了,前方是望不到边际的浩瀚大水。

这里是阿穆尔河的入海口。对于从没见过大海的卢拉来说,自然不知道那是什么。河流无限延展着,远处已经模糊了边际,与大海连成一片。看着看着,卢拉的心中突然涌起一股莫名的恐惧。

在河里出生长大的水獭的本能告诉他,危险正在靠近。木舟如果进入了无限广阔的水域,就会远离陆地,卢拉就只能永远在水中生活了。水獭虽然是水中的动物，可是生产的时候只能在陆地上，如果没有陆地是无法生存的。

仿佛被什么东西踢飞了一般，卢拉嗖地一下跳进了河里，对大海的恐惧猛地抓住了他。像是要甩开这种恐惧似的，卢拉将所有力气注入到四肢和尾巴上，向着陆地拼命游起来。河水虽然很平缓，可是水流的速度却很快。河水很浑浊，前方的情况只能看见一点点，稍微一不小心就会被卷入流向大海的水流里，卢拉只能一边拼命抵抗那股力量一边向岸边游。

抵达岸边时，卢拉已经用尽了身上所有的力气。如果河岸再远十米，卢拉肯定会因为精疲力竭而沉入河底。

卢拉仿佛死了一般，滚进了岸边的草丛里。

天空阴沉沉的，寒风一阵阵吹过。冬天就要来了，用不了多久，树木就会落下叶子，森林和大地将被白雪覆盖，这里将会变成一望无际的银白色世界。这条辽阔的大河也会结冰上冻，到时就无处捕鱼了。究竟该如何在这片陌生的大地上生存下去呢？卢拉心底涌上来的不安令他瑟瑟发抖。

无边无际的大海将会怎样呢？大海也会上冻吗？一片没有山峦起伏也没有森林的无边无际的平坦辽阔的大冰原——单是想象一下，卢拉就觉得仿佛有一阵刺骨的寒风吹过心底。

河里有许多鲑鱼，这是卢拉熟悉的鱼。卢拉迅捷地捉住一条游到岸边的鲑鱼，不顾一切地吃了起来。他实在是饿坏了。

吃饱了以后，卢拉钻进了岩石的裂缝里，沉沉地酣睡过去。

睁开眼时已经是第二天的下午了，或许是因为太过疲倦了吧。从沉睡中醒来后，卢拉的身体充满了惊人的活力。

吃和睡——只要这两件事能得到充分的满足，野生动物就会时刻保持鲜活充沛的生命力。失去奥福特的痛苦和面对大海时感到的对陌生世界的不安，已经在卢拉心中渐渐淡去了。

过去就像是浮光掠影。对野生动物来说，最重要的是"现在"。未来会怎样，谁也无法预料。努力地活在"现在"，有了这份努力，美好的未来自然会展现在面前。

卢拉欢快地跳了起来。一束束光从云彩缝隙里照下来，在卢拉身上画下一道道竖条。

一只鱼鹰仿佛被粘住了似的，一动不动地浮在空中。他一定是发现了猎物，正在耐心地守候，等待机会发动攻击。一只松鼠衔起一颗松果，匆匆忙忙地跑进了树林。

所有动物都在努力生存着。卢拉打起精神，小心翼翼地看了看四周，他必须仔细看好这里是什么地方。卢拉一溜小跑着钻进了松林，开始了他的探险。

七度灶被密密麻麻的红色果实压弯了枝头。一只獐子突然从七度灶下面蹿了出来，仿佛受惊似的，跑到高大的红松后面去了。

一只白腹鸫和两只喜鹊被獐子奔跑的势头惊吓到了，扑棱棱飞了起来。喜鹊应该是一对儿吧，他们漂亮的黑白羽毛在蓝天背景下十分清晰地浮现出来，仿佛刻在了上面，然后又像降落在自家飞机场一般轻飘飘地落在了一棵比周围树木高出一大截的红松顶上。

穿过一片黑幽幽的冷杉树林，卢拉看见了一片赤杨林。他松了口气，放慢了急匆匆的脚步。赤杨喜欢生活在水边，这附近一定有沼泽或池塘，只要找到那里，就能安心地生活了。像阿穆尔河那样的大河太辽阔了，让卢拉觉得无依无靠，心里不踏实。

走过混杂着荚蒾、榛树和野葡萄的赤杨林，卢拉发现了一片生长着茂密的蔓越莓、越橘和笃斯越橘的湿地，湿地的前方流淌着一条名叫波里河的小河。

看到眼前这熟悉的风景，卢拉终于放心了。就因为和奥福特登上了漂流木，他失去了奥福特，又来到了这个陌生的地方。这里应该距离自己的故乡十分遥远，不过因为他并不是翻山越岭走过来的，而是顺着河流漂过来的，所以卢拉并没有感到走了很远的路。

熟透了的越橘酸酸甜甜的滋味让卢拉想起了故乡的

味道。他已经有多久没有过这样的心情了？

河里能看到鱼儿在游来游去。白鲑、花鱼骨、远东哲罗鱼、白点鲑，许多都是卢拉熟悉的鱼。一下游进柳树丛下淤水处的那条大鱼不正是花羔红点鲑吗？

卢拉跳进河里，轻轻松松地捉了一条白鲑。他大口大口地拼命吃起来。久违的美味令卢拉十分满足，心情平静了下来。

就在这里安家吧，卢拉下定了决心。因为这里的景色和卢拉的故乡——桦树林清泉十分相像。岸边郁郁葱葱地生长着白杨、水曲柳、椴树、白桦树、冷杉等大树，对岸是红松和鱼鳞云杉组成的墨绿色的森林，幽深而宁静。

岸边有一棵大榆树。

这是一棵树干直径接近两米的老树，树木的一大半都枯死了，只有一小部分还活着，长着绿叶。大榆树紧靠着水边生长，不过向四面八方伸展的粗壮树根牢牢地抓住了大地。树根下方有一个洞。

卢拉的心里似乎有什么东西裂开了，一股熟悉的感觉翻涌上来。那里与卢拉出生长大的巢穴很像。他的鼻子忽然闻到了母亲乳汁的味道，三只水獭小宝宝紧贴着露兹酣睡的情景一瞬间闪过脑海。"就是这里了。"卢拉毫不犹豫地决定了。他决心在大榆树的树洞里筑巢。

卢拉开始巡视新家的周围。当他走到一棵树叶变黄的灰叶稠李树前时，突然停住了脚步。

那里散落着一些白色的碎片，一定是骨头碎片。卢拉十分谨慎地凑上去，嗅了嗅气味，闻不出任何味道。

"这里有其他同类！"卢拉心中闪过一丝不安。那堆东西一定是水獭的粪便。不过，现在除了被雨水冲刷过的碎骨头，粪便里的东西都不见了，因此这应该是很久之前的粪便了。如此一想，卢拉不再紧张了。不过，这些白花花的骨头却提醒卢拉，决不能放松警惕。

卢拉小心翼翼、蹑手蹑脚地走着。这时，他的鼻子忽然闻到了一股异样的气味，是一种酸酸的、类似麝香的刺激性气味。

卢拉绷紧了全身的神经，竖起耳朵，搜寻着每一丝微弱的声音，不停地嗅着、捕捉着那个气味，偷偷地向着气味传来的方向靠近。

在一棵有年头的树木的枝干上，有一团茶褐色物体。这就是刺激性气味的来源。

"果然有同类在！"卢拉确认了自己不安的原因，心里不由得紧张起来。可是，奇怪的是，这团物体和之前看到的粪便似乎不是同一只水獭留下的。

水獭的粪便有两种。一种是吃下食物以后的排泄物，这是普通的粪便。灰叶稠李树下的粪便就是这种，鱼或者其他东西的骨头变成粪便排泄了出来。

然而，现在发现的这团粪便却不一样，是一种黏稠的焦油状的东西，是用来标明地盘的标记。

食物粪便很容易分解，可是标记粪便却很难破坏，即便是被雨淋也能至少保留半年。卢拉十分仔细地眺望着枝干上这团孤零零的褐色物体。

这应该是两三天前的东西。这团粪便又细又小，这让卢拉百思不得其解。夹杂着骨头的粪便从量上来看应该是成年水獭的，可是眼前这团东西肯定不是成年水獭的。这么说，这附近有两只水獭，可能是母子。不过，如果夹杂着骨头的粪便的主人是一只成年雄性，为了捍卫自己的地盘，他一定会向卢拉发动猛烈的攻击。

第三天，发生了一件事。卢拉照例出去巡视周围的情况。他已经基本掌握了这附近的情况，因此有必要巩固一下自己的地盘。卢拉在石头上留下了黏稠的焦油状粪便，这是宣示自己领地的标记。

松鼠孜孜不倦地收集着鱼鳞云杉的种子。他的颊囊里塞满了种子，整个颊囊胀鼓鼓的，向两侧突出，这让他的脸显得很滑稽。松鼠使劲伸长了小小的身体，四下张望了一番，然后急匆匆地跑出三四十米，钻进草丛藏了起来。接着，他一副十分警惕的样子，仿佛害怕被人看见似的，慌慌张张地在地上挖了个小洞，然后把塞满了颊囊的云杉种子倒在洞里埋了起来。这是为过冬储备的食粮。

可是，松鼠却常常忘记自己费尽心思将种子埋藏起来的地方。卢拉就经常在冬天吃到松鼠们的储藏。而且对鱼鳞云杉来说,松鼠的健忘症也是一件令人高兴的事。因为到了春天,那里就会长出几棵树苗,孕育出新的生命。

"呵呵,我看到你藏东西的地方啦!"卢拉悄悄远离了松鼠。等到了冬天,就去那里看看,肯定能吃上美味的种子。

当卢拉转过高大的水曲柳时,一团茶褐色物体像一道闪电般从面前横穿而过,跳进了左边的榛树林。

刹那间,卢拉被吓得直后退,不过他想看清楚那究竟是个什么动物,便使劲盯着榛树林看起来。

这时,他身后传来一阵"咕咕咕"的轻快叫声。一只可爱的年轻雌性水獭正坐在一根伸出来的树根上。

卢拉顿时目瞪口呆,睁大了眼睛死死盯着那只雌水獭。少女嗖地垂直跳了起来,然后非常轻巧地落在树根上,稍稍歪着脑袋,眼珠骨碌转了一下,仿佛在逗弄卢拉。

当卢拉从惊讶中恢复过来以后,一种安心之后的平静心情涌上了他的心底。失去奥福特之后的寂寞被遇见同伴后的喜悦治愈了,就连身处陌生之地的紧张感也一下缓和了不少。

现在还没弄清楚对方是几只水獭,按理说卢拉必须更加警惕才对。可是少女水獭那种对陌生同类完全不设

防的天真无邪彻底打消了卢拉的警戒心。

卢拉毫不犹豫地靠近她,用温柔的叫声和她打招呼。马上就要碰触到她的身体时,她突然嗖地跳开了,当她的脚再次落地时,她迅速与卢拉拉开两三米的距离,用调皮的眼神看着卢拉。卢拉完全被她那可爱的动作征服了,彻底喜欢上了她。因为少女水獭擅长跳跃,我们就暂且叫她"跳跳"吧。

跳跳家与卢拉家相距四百米。两只小水獭成了很要好的朋友,常常在波里河一起捉鱼,一起玩捉迷藏,一起摔跤。

一天傍晚,跳跳或许是厌倦了捉鱼,开始大步朝森林深处走去。卢拉跟在她的身后,走出森林,来到了一片开阔的湿地。这是一片潮湿的草原,草原上零星长着低矮的落叶松和桦树,蔓越莓和笃斯越橘结满了果实,野葡萄缠绕在低低的毛赤杨上。

这里是一座可以尽情享用秋天果实的果树园。一只野兔从他们面前跑了过去,他一定吃了许多甜甜的浆果。吃了一肚子的鱼之后,跳跳一定是想尝尝甘甜多汁的浆果了,所以才来到了这里。

"嘎萨嘎萨。"传来一阵嘈杂的声音。

卢拉向声音传来的方向望去,只见一团巨大的黑影在蔓草后面隐约晃动,是黑熊扯着野葡萄的藤蔓在吃果实。

黑熊平时特别老实，一点也不可怕。可是一旦遇上不高兴的事，他就会勃然大怒，胡乱发一通脾气。这个时候一旦受到牵连，可就糟糕了。

卢拉不想靠近他，便不再前进，吃了些笃斯越橘的果实。那些紫黑色的果实只要咬上一口就在嘴里"扑哧"一下裂开了，酸甜的汁水会顺着喉咙流进肚里。

跳跳像是注意到了什么，飞快地钻进了旁边的灌木丛。她大踏步地向前走着，仿佛有某个明确的目标。卢拉紧跟在她身后。

卢拉的鼻子忽然嗅到了一股气味，他停下了脚步，那是危险的气味。停在白杨枝头的小菜蛾"刺溜溜溜溜"地叫着，卢拉能感觉到那下面有某种危险。

跳跳似乎没察觉到有什么不对劲儿，迈着轻快的步伐向前走着。卢拉竖起耳朵，一直跟在她身后，来到了白杨树下。

凸起的粗壮树根上有一团黏稠的焦油状物体，而且很新。从大小判断，应该是在粪便中留下许多骨头的那只水獭排泄的。

跳跳完全没把这个当回事，仍旧迈着快活的步子往前走。"这究竟是怎么一回事？"卢拉的内心不再平静了。那堆粪便明明是在警告陌生来客："这里是我的地盘！"跳跳不可能不知道啊。那她为什么视若无睹呢？这其中必有蹊跷。卢拉十分小心地跟在她的身后。

一股强烈的麝香味扑面而来。那股气味是从七度灶的树干下飘过来的。一定是有什么动物从尾巴根部的分泌腺里分泌出有麝香气味的液体，用气味做标记来宣示他的领地。从气味的强烈程度来看，应该就是最近几小时以内做的标记。

跳跳突然停住了，啪地跳了起来。

卢拉看见在自己的对面，一只长着威风凛凛的银色胡须的体形庞大的雄性水獭正虎视眈眈地瞪着他。"果然！"卢拉绷紧了浑身上下的肌肉，低伏下身子，拉开架势。银胡子身上的毛发略带灰色，看起来岁数不小了。

银胡子从喉咙深处爆发出一阵低吼声，狠狠瞪着卢拉——竟然敢闯进我的领地，我决不会轻饶你！

突然，他的表情变柔和了，将视线转向跳跳，目光里充满了温柔。

跳跳又展示了她最得意的跳跃动作，然后嗒嗒嗒一溜小跑奔向银胡子，把头贴到银胡子胸前蹭了起来。银胡子发出温柔的"咕咕咕"的叫声，舔着跳跳的脑袋。

卢拉感到一股莫名的愤怒涌了上来，脑子里燃起了烈火。他不顾一切地朝银胡子猛冲过去。

咣！他的脑中一片轰鸣，遭到重重的一击后，卢拉倒在了地上。

卢拉明显不是银胡子的对手。

卢拉好不容易抬起严重眩晕的脑袋，看见跳跳正担心地望着他。跳跳跑过来想要舔舔卢拉的头，这是她之前从未有过的举动。可是，卢拉拒绝了她，退后了两三步，一转身跑进了茂密的灌木丛。

跳跳和银胡子十分要好，于是卢拉也只好与银胡子保持着不即不离的距离，一起生活。

银胡子其实是跳跳的养父。在跳跳出生后两个月的时候，银胡子就和跳跳的母亲一起生活了，所以他对跳跳一直有一种亲人般的感情。

母水獭在跳跳出生后十个月时病死了。跳跳就继承了母亲的领地，在波里河岸边住了下来。银胡子则把包括跳跳领地在内的更广阔的地域设定为自己的领地。

卢拉正是在这个时候来到了这里。如果卢拉是一只成年水獭，银胡子绝对不会允许他进入自己的领地。不过，因为卢拉是一只还没过完青春期的毛头小子，所以银胡子也没有必要斤斤计较，非得把他赶出领地。只要随便应付一下就行了，银胡子心想。

银胡子并不为寻找猎物而四处奔忙，常常优哉游哉地晒太阳。他对这一带的地形已经非常熟悉了，每一个角落都烂熟于心，知道去什么地方能捉到什么猎物，脑子里已经有了一幅狩猎地图，所以只在必要的时候才出去狩猎。

有一件事曾让卢拉吃惊不已。

有一次，银胡子跳进了波里河的深潭。卢拉还以为他会游到对岸去，可是一直都没有看见他浮出水面。

难道是用潜水游泳法一口气游到对岸？卢拉特别留意观察了岸边，可是最终也没看见银胡子的身影。莫非是钻进了对岸的草丛，卢拉没看见？可是卢拉一直目不转睛地盯着对岸，连一丝风吹草动都没有放过，不可能错过什么啊！

令人吃惊的是，跳跳完全无动于衷。卢拉像是看见了什么神奇的东西似的盯着水面看个没完，跳跳等得有些不耐烦了，朝着卢拉叫了几声，催促卢拉赶紧回去。

后来同样的事情又发生了一次。谜团似乎越来越扑朔迷离了。

一天晚上，卢拉和跳跳去捕鱼，来到了上游的神秘深潭。浑浊的水面上荡漾着银色的月光。潭水很深，即便是靠近河岸的地方也深达四米。这里有很多鱼，是非常好的渔场。怪不得银胡子大叔不用四处觅食，整天都很悠闲。

在水中潜泳的跳跳快游到水中的河堤时，仿佛想指给卢拉看什么东西似的，转了个弯。

卢拉顺着跳跳示意的方向看过去，只见在距离水面一米左右的地方出现了一个洞。"那是什么地方？"卢拉边想边靠了过去，突然闻到了水獭的气味，不由得大吃一惊。而且，那气味分明就是银胡子大叔的味道啊！

真没想到，银胡子大叔的巢穴竟然在水下！真是这样吗？如果真把窝安在水中，他岂不是会被憋死？或许只是他的一个暂时的藏身之处吧。

虽然卢拉很想进去看一眼，可是事后如果被发现了，银胡子大叔一定会暴跳如雷的。他正想放弃，跳跳嗖地一下凑了上来，眨眼间就钻进了那个秘密巢穴。

跳跳一定是早就知道这个洞穴的秘密了。这么一想，卢拉便放心了，把脑袋伸进了洞里。

令人意外的是，隧道很短，只游了不到两米就抵达了房间。

这个房间也就只有一平方米大小，屋里铺着干草，十分整洁。在房间天井的一角有一个通往上面的小孔，空气就是从那里进来的。卢拉心里佩服极了，看得入了迷，住在这里完全不用担心敌人的袭击。将来他也要像这样做一个安全的窝，卢拉心想。

银胡子大叔总是板着脸，也不爱说话，让人难以接近。虽说他对跳跳很好，可是对卢拉却总是态度冷淡，甚至有意刁难。不过他并不攻击卢拉，也不驱赶他，有时会展现出意外的宽容。卢拉打心底里不想和银胡子大叔在一起，可是他不想离开跳跳，所以平时就凑合着和银胡子相处了。

北海狮

挑战大海

一天,卢拉跟着跳跳来到了大海。

无边无际的大海似乎有一种说不清道不明的可怕,卢拉一点也不想进到大海里。尤其是在风浪很大的日子,一条条白浪翻滚而来,拍打着海岸,就像有无数条蛇发起了进攻,总能勾起卢拉的恐惧——自己似乎转眼间就会被它们死死缠住,拖入大海。

这一天,大海风平浪静。海面上没有一丝风,是个罕见的大晴天。虽然已经到了十月下旬,可傍晚时分的向阳处仍然能够享受到温暖柔和的阳光。

　　跳跳一点也不害怕，扑通一声跳进了大海。她在海里很惬意地游了起来，突然潜了下去，不多久又浮出了水面，嘴巴里衔着一个海贝。跳跳将那只海贝搬到岩石上，一点一点地咬着吃了起来，吃得很香。跳跳将那东西吃掉了一半，将剩下的留在岩石上，再次跳入大海。

　　卢拉的好奇心被点燃了，他试着咬了几口岩石上的皱纹盘鲍。鲍鱼那极富弹力的肉让卢拉体验了以前从未尝过的美味。

　　在聚集了很多岩石的海水洼子里，螺的同类、重贻贝等紧紧扒在岩石上，小鱼活泼地游来游去。当一条长达十厘米的鱼游过来时，卢拉本能地将前爪伸进了水里。

　　卢拉看见一条鱼躲进了岩石后面，便毫不犹豫地跳进水里，迅速用两只爪子捉住他，咔哧一口咬下去，又一下把爪子抽了回来。"这是什么怪味儿？咸死了！"

　　他想起了在斯佩特拉河生活时偶尔和母亲去的盐场。那里聚集了各种动物，有野猪、驼鹿、獐子、马鹿等。水獭是食肉动物，所以他们没有必要特意摄取盐分，不过食草动物们必须给自己补充盐分。

　　卢拉试着喝了口水，真够咸的。不过他习惯了血的味道，所以倒也不讨厌这个味道。难道大海里的海水都是这么咸吗？卢拉眺望着一直延伸到天际的大海，再一次感到了大海的神奇。

卢拉狠狠心，潜入了海中。这是多么美丽神奇的世界啊！卢拉看到在陆地上完全无法想象的风景在眼前展开，胸中充满了惊奇与感动。

红色、黄色、粉色等绚丽多彩的海葵摆动着触手。石头缝里和岩石的凹陷处，有许多长满了尖刺的茶褐色海胆。那些刺动来动去的，应该是某种动物。估计是像刺猬那样的动物吧，卢拉心想。

褐色中带点墨绿的胖墩墩的一团东西滚了过来，像是大肥老鼠的躯干——卢拉这样想着，试着碰了一下，结果那东西突然动了起来，刺溜刺溜地爬走了。卢拉被吓了一跳。

虽然那东西没有脑袋，没有手脚，也没有尾巴，看起来就像个土包，但应该也是一种动物。陆地上并没有像海参那样的动物，也难怪卢拉没有注意到。

卢拉的第一次海底之旅充满了新奇与惊讶，根本顾不上觅食。等他第二次下海时就完全适应了，卢拉开始觅食了。虽然有大量的食物，可这里和他熟悉的河流不一样，捕捉起来很困难。

比如跳跳吃过的那种鲍鱼，虽然这里有很多，可是他们都紧紧地贴在岩石上，卢拉不知该怎么把他们弄下来。正确的方法是：看准了鲍鱼的身体从岩石上稍微浮起的瞬间，迅速游过去，用爪子啪地按下去，就得手了。可是卢拉终究做不来这么精细的活儿。他费尽力气，好不容易才用牙齿将小鲍鱼硬生生地从岩石上撬了下来。

大大小小各种各样的鱼在他眼前游来游去，可是他却不知道该怎样捉住他们。将鱼驱赶到河边或浅滩这种之前惯用的方法现在完全派不上用场，经常是他胡乱追赶一气，最后猎物都逃光了。

第一次捉到鱼时，卢拉感激不已。那是在海里的岩石上，一只外形酷似圆勺的体长二十厘米左右的"怪物"趴在牡蛎和海葵中间。卢拉凑上前去仔细一看，发现那家伙通体暗褐色，身上长着黑色斑点，没有鱼鳞，看起来滑溜溜的。是海参吧，卢拉心想。可是再一看，那东西还长着眼睛和嘴巴呢。

是鱼！卢拉悄悄靠上前去，那条鱼并没有要逃跑的意思。说不定这家伙有毒——这个疑虑在一瞬间闪过卢拉的脑海，不过最后还是狩猎的本能占了上风。卢拉一口咬住了那条鱼的脑袋。和他的预期相反，那家伙仍旧趴在岩石上一动不动。

卢拉盯上的猎物是圆腹鱼。因为这种鱼的腹部总是胀鼓鼓的，所以才有了这个称号。圆腹鱼的腹部下方有一个巨大的吸盘，依靠这个吸盘他能够紧紧地贴在岩石上。因此，圆腹鱼是无法轻易从岩石上剥离的。

圆腹鱼的皮是类似琼脂那样的性质，可以说是别有风味，此外他那白色的鱼肉也很可口。第一次吃这样美味的海鱼，卢拉高兴得不得了。他仔细搜寻了一番，发现圆腹鱼竟然还不少，于是便把圆腹鱼当成了主要的捕猎对象。

"我可是捉圆腹鱼的高手！"卢拉不禁有些得意忘形了。这样的态度让他吃了大亏。一天，他来到一片有许多海鞘聚居的海域。

一看见海鞘那软乎乎的身体，卢拉就提不起食欲来。卢拉曾经吃过银胡子大叔吃剩的海鞘，那股涩味儿直扎舌头，他立刻就全吐了出来。银胡子大叔竟然喜欢吃这种东西，果然是个怪咖。

海鞘居住的岩石下方闪过了圆腹鱼的身影，而且是一只大家伙。

卢拉找来找去也没找到，有些沉不住气了，便毫不犹豫地从海鞘后面扑了出来。

就在这时，他的前爪传来一阵剧痛，卢拉大叫一声，急忙躲开了。

声音在水中变成气泡漂向水面。卢拉的前爪划破了，鲜血融进水里，像红雾一般扩散开来。

比起前爪的疼痛，还有一件意想不到的事情更加让卢拉吃惊。卢拉终于看到了岩石下方的大鱼，那个家伙长着硕大的脑袋和皱巴巴的皮肤，一双圆溜溜的大眼恶狠狠地盯着他。卢拉不由得倒吸了一口凉气，因为他看见了一张血盆大口和里面闪着白光的大尖牙。

那是东方狼鱼。可是,第一次见到这种鱼的卢拉并不知道这是一种凶猛的鱼类。他误以为这是圆腹鱼。

大海里有美味的鱼类和贝类,生物种类的丰富性是河流所不能媲美的,可是危险也无处不在。

卢拉曾经学跳跳去捉花咲蟹,结果被蟹螯夹住了,疼得他直想哭。像日本栗蟹、毛甲蟹这些蟹类动物,必须悄悄靠近,然后一口咬住后面的甲壳,才能捉住他们。

也就是说,必须从蟹螯够不着的地方下手,巧妙地咬住。卢拉尝试了好几次以后才记住了要领,终于能吃上美味的螃蟹了。

除了针叶树之外的其他树木都开始落叶了,光秃秃的树干暴露在寒冷的天空下。大风裹挟着雨夹雪吹过,宣告着严冬的到来。

"轰——!"一声可怕的咆哮刺破了冰一般寒冷的空气。难道是棕熊?可是棕熊的声音没有这么低沉洪亮。卢拉想看看究竟是谁在发出这种令人毛骨悚然的声音,就来到了海岸。

对面的岩石上,有好几头身躯庞大的褐色动物,其中有一头体格特别庞大的家伙正仰着身子,大声吼叫。

他们长得跟海豹很像,只是体格要大出许多,长着巨大的像鳍一样的前肢。那头比其他同类大出好几倍的家伙用前肢支撑着身体，挺起上半身，大声咆哮着，那张血盆大口甚是可怕。

那是北海狮群。卢拉是第一次见北海狮。几头雌性北海狮通常会聚集在一头重达一吨的庞大的雄性周围，组成一个小小的群落。雌性的体重是三百千克，只有雄性的三分之一。雄性北海狮在岩石上仰天长啸的雄姿令卢拉着迷，他呆呆地看了一会儿。

北海狮在海里游泳的样子也十分威武雄壮。他们扭动着巨大的身躯，巧妙地使用像鱼尾一般的后肢，以迅猛的速度向前冲去。卢拉再次看得陶醉了。

卢拉曾试着追过北海狮，可是完全跟不上他们的速度。当一头雌性游过卢拉身旁时，卢拉竟然被水压给冲翻了。

几头北海狮聚在一起互相追逐着、纠缠着，在水中翩翩起舞。

别看他们在陆地上一个个都肥墩墩的，可是到了水中，身段也显得苗条了，动作更是优雅娇柔，简直就像变身了似的。

北海狮很爱玩。他们会仰泳，或是翻滚着身体游泳，有时甚至会让身体漂浮在波浪之间，望着天空发呆。更有趣的是，他们还会把前肢伸出水面挥来挥去，仿佛在招呼你：来呀来呀！不知道他们为什么会那样做，或许是为了冷却发烫的身体吧。

最让人吃惊的是，他们那极其旺盛的食欲。不管是鱼还是乌贼，只要发现了他们就一口吞下去。

北海狮从不咬猎物，而是直接吞下去。他们最爱吃北太平洋巨型章鱼和圆腹鱼。体形过大的巨型章鱼无法一口吞下去，北海狮就会把章鱼衔在嘴里浮出水面，在空中来回地甩，等到章鱼变虚弱了再吞下去。

海里有许多巨型章鱼。因为这种动物长得奇形怪状的，卢拉最初只是远远地张望。

后来他的好奇心上来了，刚想靠近去探个究竟，跳跳突然冲到他前面，转过身，戳了一下卢拉的脸庞。跳跳在暗示他：最好别碰那家伙！卢拉虽然不知道为什么，不过看样子那是个危险的家伙。

可是，北海狮吃得实在是太香了。卢拉心想：那一定是特别美味的东西。要是被他的长脚缠住就麻烦了，所以得从脑袋下口。卢拉忘记了一点：北海狮的嘴比他的嘴不知要大出多少倍。这是他犯错误的根源。

一只巨型章鱼正趴在岩石上。

他歪着圆筒状的脑袋，一动不动。或许他已经虚弱了。卢拉紧贴着他的脑袋游了过去，章鱼仍旧没有动。

卢拉顿时激动起来。"这是个机会！我要试一把。"

卢拉悄悄靠近章鱼，猛地一口咬住章鱼脑袋，迅速向上游去。可是章鱼的爪子紧紧扒住岩石，根本没办法剥离下来。

卢拉扭动脖子,想要把章鱼脑袋拧下来。就在这时,四条长长的章鱼爪子卷住了他的身体。

卢拉松开了紧紧咬住章鱼脑袋的嘴巴,想要从缠在身上的章鱼爪子里挣脱出来。可是那几条爪子纠缠不休,越来越紧,仿佛要勒进他的身体。

卢拉快喘不过气来了。北海狮能在水中潜水二十分钟左右,可是水獭最多只能待五分钟,否则就无法呼吸了。卢拉总算咬断了一只爪子,剩下的三只爪子更加用力地勒紧了他。

"不行了,要窒息了。"卢拉迷迷糊糊地想着,用尽最后一丝力气,挣扎着想要从章鱼爪子里逃出来。

这时,一团茶褐色物体游了过来。然后就传来类似啃岩石的声音,紧接着,卢拉的身体迅速浮了上去。

卢拉身上缠着章鱼,用仅剩的一点力气向水面游去,拼命浮上了水面。

空气是多么新鲜啊!冷空气吸入喉咙时又是多么惬意啊!卢拉有生以来第一次觉得空气是这么新鲜。

等他回过神来,发现章鱼还缠绕在身上。

眼前的水面上浮出了一个有些发灰的褐色脑袋。那个脑袋转向卢拉,像扮鬼脸似的,眼珠滴溜溜地转了一圈,然后便快速向着海岸的岩石滩游去了。

是银胡子大叔。"原来是银胡子大叔救了我。"卢拉终于明白了事情的经过,在心里感谢了他。原以为银胡子大叔是个不好相处的爱刁难人的家伙，没想到他竟然是副热心肠。

好不容易爬上了岸边的岩石，卢拉费尽力气，终于把缠在身上的巨型章鱼给弄下来了。章鱼的五只爪子都断了。其中一只是卢拉咬断的，另外四只缠在岩石上的爪子是银胡子咬断的。

银胡子走过来，叼起章鱼头，向岩石上甩去，就这样摔打了好几次。

等到章鱼彻底虚弱了，他就大口大口吃了起来，也不理睬卢拉，好像在说："我可不是为了救你。我是想吃章鱼了。"

卢拉已经用尽了全部力气，精疲力竭，他躺在岩石上，看着吃得正香的银胡子大叔。

想起刚刚在海底的拼死搏斗，仿佛有一股寒流从头窜到脚，心脏仿佛都要冻结了。可是，有时候他又觉得那仿佛是一个遥远的梦。

一阵寒风呼啸着吹过。一直压在西方天空的黑云忽然膨胀起来，迅速遮盖了整个天空。这预示着一场小型暴风雪即将来临。很快，大海也将告别宁静。

卢拉拖着疲惫不堪的身体，一点一点蹭到银胡子身边。他呆呆地看着埋头大吃的银胡子大叔，看着看着，心中渐渐涌起对他的亲切之情。

咚——！一只章鱼爪子扔到了卢拉面前。"咕！"卢拉虚弱地叫了一声：谢谢你，大叔！

可是，卢拉一点食欲都没有，甚至都不想拿爪子碰它。卢拉昏昏沉沉地看着那根长满了吸盘的长条状物体，仿佛在看一样不可思议的东西。

玉筋鱼

大海开始结冰了

西伯利亚吹来的北风呜呜地呼啸着,大海波涛汹涌。天气越来越冷,夹杂着雨水的雪变成了细细的小冰粒,伴随着冰冷的沙沙声飘落在冬季干枯的森林里。

河流从岸边开始结冰,冰层渐渐向河中央扩散。河水流速较快的地方还没有冻上,卢拉便从那里钻到河里捉鱼。河水的温度在零摄氏度以上,并不算冷,不过外面的气温已经下降到零下好几摄氏度,挂在毛上的水滴立刻就结冰了。

因为长着厚厚的皮毛，所以卢拉不会觉得很冷。不过当大风把身上的毛吹得翻卷起来时，浑身都会感到刺骨般寒冷。从河里上岸时，卢拉都会躲在大树的树根后面或是河堤的凹陷处。

即便河流完全冻上了，大海仍旧是波涛起伏。河水在零摄氏度就会结冰，可是海水因为有盐分，到零下一点七摄氏度以下才会结冰。海水结冰除了温度条件，还有许多复杂的原因。大海上刮暴风雨的日子越来越多了，风高浪急，已经不适合潜到海里捕鱼了。可是北海狮们却毫不在乎。

只要不是特别大的暴风雨，北海狮都会若无其事地在海中嬉戏玩耍。

他们能在水中长时间憋气，所以能够潜到很深的地方。只要潜得稍微深一些，就算海面上多少有些风浪也不会受影响，因此他们可以捉到一些鱼类和贝类。

有时候，越刮越大的北风会忽然停住，大海一片风平浪静，仿佛刚才的风浪都是在梦中。

这种时候就轮到卢拉出场了。海水虽然也很寒冷，不过与外面的气温相比还是暖和多了。卢拉可以捉到一些贝类和鱼类。

一天，卢拉和跳跳一起在水中游泳，突然被一大群玉筋鱼包围了。

无数身长十厘米至二十厘米的细长的黄褐色小

鱼——那样子仿佛一根细棍上镶上了两个圆溜溜的黑眼珠——正在朝着同一个方向前进。卢拉被卷进了这股大潮中,那壮观的景象令他叹为观止。

在河里也会有鱼成群结队地游泳。尤其是当鲑鱼和鳟鱼逆流而上的时候,卢拉常常被庞大的鱼群所包围。不过那个时候的光景跟眼前的景象完全不能相提并论。这些鱼更像是无数根前进的半截木棍,卢拉甚至害怕那些棍子会扎进自己的身体。

正当卢拉随着玉筋鱼的大军在海中漂流时,他突然意识到:自己身边都是鱼!都是食物啊!

卢拉抓了一条身边的玉筋鱼放进嘴里。鱼肉很筋道,味道不错。这真是美味啊!卢拉兴奋地连抓两三条,大口嚼起来。

就在这时,海水突然剧烈地波动起来,卢拉和玉筋鱼大军一起被冲到了一边。

茶褐色的巨大生物成群结队地以飞一般的速度游了过来,卢拉被其中一头撞翻了。

是北海狮。他们的目标是玉筋鱼大军。十一头北海狮旋转着身体,在水中围成一圈,中间是一只体形极其笨重庞大的雄性北海狮——布鲁。他们将嘴边的玉筋鱼狼吞虎咽地吞下肚,一条不留。

北海狮的牙齿并不发达。大量玉筋鱼被吸入他们那如巨大洞穴的大嘴里,仿佛有一个抽吸泵在工作。

茶褐色的大个子自由自在地扭动着笨重的身躯，铁丝一样的银色胡须像一道道小小的闪电，每一次闪耀都像在打拍子。

卢拉呆呆地看了一会儿这群茶褐色庞然大物表演的华丽乱舞。

等他回过神来，才发现跳跳已经冲进了乱作一团的玉筋鱼大军里，咬住嘴边的鱼大吃起来。卢拉也迅速冲进了玉筋鱼的大军里。

卢拉从没有像今天这样吃得这么饱。太阳从云朵之间露出了脸，洒下一片阳光。卢拉躺在海边岩石的凹陷处，舒舒服服地晒着太阳。阳光很微弱，不过在没有风的低洼处，身上仍旧很温暖。吃撑了以后随意斜躺着，幸福的感觉包围了卢拉。

卢拉感觉似乎有什么凑过来了，便微微抬起头，是银胡子大叔。

卢拉将目光移向岩石上的玉筋鱼：吃吧，大叔。很好吃呢！

银胡子大叔看都不看鱼一眼，瞥了一下卢拉就走了。

那鄙视的目光打乱了卢拉的心。"冬天的大海很可怕！别被几条小鱼冲昏了头。一旦得意忘形起来，可有你好受的！"银胡子大叔仿佛在无声之中对他提出了警告。

银胡子快步走向跳跳休息的地方，似乎和跳跳说了些什么。等银胡子刚一迈开脚步，跳跳便紧跟了上去。

卢拉的胸口咯噔一下。"为什么？"他心中涌起这个疑问，开始焦躁起来。他本想晒一会儿太阳之后去找跳跳，可是这个念头却被无情地击碎了。这让卢拉很窝火。在海里明明玩得那么好，可是跳跳竟然转眼就忘，就这么跟着银胡子走了！

卢拉用前爪踩住岩石上的玉筋鱼，不耐烦地啃了几下鱼头，然后扔在一边，朝着跳跳消失的相反方向跑去。

"沙沙沙沙"，是细细的雪粒从天而降的声音。一夜之间，森林和海岸变成了一片雪白。

寒冷的北风吹打着大海，海面开始结冰了，出现了类似雪花结晶的小小的冰的结晶。这些冰晶在海面上蔓延，那形态就像是融化在水里的刨冰。

当冰晶覆盖了整片海洋，它们就会粘在一起变成一大片薄冰。这些薄冰漂浮在海面上，有时会被起伏的波浪切断，有时又会和其他薄冰连在一起。

鄂霍次克海开始结冰了。

鄂霍次克海结冰后，流冰会一直漂到北海道的网走市。这在日本已经作为冬季一景为人们所熟知了，可是在气象学上却是十分罕见的现象。

说起网走，给人的印象是日本最北端的一个寒冷的地方。不过从纬度来看，网走和地中海的摩纳哥大致相同。北海道的鄂霍次克海岸的纬度大体相当于法国南部，不过在欧洲那里是气候温暖的地方，绝对不会出现流冰。

从纬度来看，在欧洲西部与鄂霍次克海相同纬度的是北海。北海位于英国整个国土的东侧，北冰洋的流冰会漂流到这里，不过海水并不结冰。

结了冰的海水被称为海冰，在北半球，鄂霍次克海是海冰所能覆盖的最南端。北海道的北部海岸地带则是世界范围内海冰发生的最靠南的区域。那么，为什么会发生这种奇异的现象呢？让我们来看看海水结冰要经过怎样的过程吧。

冬天到来后，寒冷的风使海水逐渐降温。

水在四摄氏度时，密度最大。海水在四摄氏度以上时，变冷的海水密度增大会沉下去，下层温暖的海水会浮上来。这样就形成了对流。

这个过程持续一段时间后，海水从表层到底层都会变成四摄氏度，这时对流便停止了。

在这种状态下，如果外部空气的温度降到了零摄氏度以下，海水表面温度也会变成零摄氏度，不过，只有淡水才会在零摄氏度结冰，海水因为含有盐分，需要到零下一点七摄氏度左右才能上冻。

就这样，海面最后会渐渐结冰，不过首先海水要停止对流，温度统一达到四摄氏度。所以，海水越深，这个过程持续的时间越长。

不过，如果吹在海面上的风的温度特别低，时间就会缩短。

那么鄂霍次克海是什么情况呢？这片大海最深的地方达到三千米，平均水深八百米。从西伯利亚吹来的寒风和低温不足以使海洋冻结。可是实际上鄂霍次克海在冬天的确会结冰。这是为什么呢？

这是因为鄂霍次克海有一个其他海洋不具备的惊人特征。

鄂霍次克海从海面往下五十米的水域含盐量很低，五十米再往下的盐分浓度则很高。也就是说，海水的盐度以水深五十米为分界线大不相同。

鄂霍次克海到了冬季表层水会变冷，变冷的海水下沉，形成海水对流。不过变重下沉的海水无法突破水深五十米这个界限，因为五十米以下的海水更重。也就是说，五十米水深处发挥了和海底相同的作用，对流现象便是以此为界限发生的。当严寒持续时，水深小于五十米的区域的海水温度就会达到四摄氏度。

在温度差导致海水对流方面，鄂霍次克海与水深五十米的浅海是一样的，这就是它在西伯利亚寒风的作用下能够结冰的原因。

那么，又出现一个问题：为什么它在水深五十米海域的海水盐度这么低呢？解开这个谜题的钥匙正是阿穆尔河。

阿穆尔河将大量淡水注入鄂霍次克海。全长四千三百五十千米的阿穆尔河为鄂霍次克海运来了大量的融雪水。

　　还有另外一个原因，鄂霍次克海的地形呈盆状。北面和西面是大陆和库页岛，东面是堪察加半岛和千岛群岛，南面则被北海道封住了入口。从阿穆尔河流入的河水在这个封闭的空间里不断累积，稀释了五十米水深区的盐度。

　　鄂霍次克海结冰，浮冰甚至漂流到北海道，这些现象都是因为阿穆尔河的作用。

雕鸮

生命要靠自己来守护

卢拉怀着惊奇的心情看着眼前发生的情景:一望无际的大海正在慢慢结冰。在遥远的地平线的尽头,大海和天空连在了一起。难道从那里开始,海洋就变成天空了吗?卢拉完全搞不明白大海究竟是怎样的存在。

结冰的海洋令人畏惧,卢拉一点也不想跳进海里。不过,不管大海怎样变化,北海狮们仍旧能充满活力地在海里嬉戏玩耍。即便海上有些风浪,他们也会扒开冰晶或冰板(板状的薄冰),在海里畅快地游泳。

冰板随着波浪起伏碰撞，渐渐将棱角撞没了，变成圆板的形状。圆板的边缘因为碰撞鼓了起来，看起来就像是芡实的叶子，所以又叫作莲叶冰。大大小小的莲叶冰漂浮在海面上，偶尔有阳光洒下来，漂浮的冰块就会闪着耀眼的银光。这样的美景着实让人陶醉。

当莲叶冰布满整个海面时，冰块就会吸收波浪的能量，大海会变得比较平和。

卢拉时刻观察着大海的情况，没有风浪的时候，他会拨开莲叶冰，钻进海里。比起在河岸上捡到的冻得硬邦邦的鲑鱼，海里的鱼不知要鲜美多少倍，而且海里要比外面暖和很多。

卢拉在海中的捕鱼技巧高超了许多，可是海洋那无边无际的辽阔有时会让他感到不寒而栗。

若是在河里，卢拉对每一个角落的地形都了如指掌，能够迅速找到河岸，所以他没有一丝不安。可是，大海与两侧有岸的河流不同。尤其是在海底那无边无垠的沙地上，没有任何参照物，有时甚至会搞不清自己置身何处，所以卢拉尽量选择礁石滩作为捕猎场。

卢拉尤其喜欢北海狮们聚集的礁石滩一带。礁石滩里有各种鱼类和贝类，给他一种安全感。

卢拉还曾经混在北海狮群里游泳。布鲁的泳姿十分漂亮，一双后肢轻快地划着水，宛若在水中飞速滑翔，雄壮的身姿令卢拉陶醉不已。不知从什么时候起，卢拉对布鲁产生了一种亲近感，只要待在布鲁身边，他心里就会感到很踏实。

一天，卢拉想去北海狮礁石滩，便来到海边。这时，他看到远方有人影出现。

那些人拿着像棍子似的东西，很快便藏到了岩石后面。卢拉只是粗略地瞥了他们一眼，可是一丝不安却让他的心蒙上了一层灰雾。

在斯佩特拉河生活时，卢拉偶尔看见过猎人或是采集高丽参的人，不过自那以后已经有很长时间没见过人类了。这附近不可能有人居住。他们是来干什么的？这个疑问在他的心中掀起了小小的波澜。

北海狮们聚集到岩石上。

随着布鲁的一声仰天长啸，北海狮们一起惊慌失措地跳进了海里。莲叶冰咔咔咔地裂开了。

北海狮们竞相从岩石跳入海中的不寻常举动让卢拉紧张起来，他密切注视着拨开莲叶冰在海中游泳的北海狮们。

一声巨大的枪响传来。从冰块的缝隙中露出来的布鲁的脑袋向后仰去，顷刻间便沉没在波涛里。

闪着白光的莲叶冰的边缘和海水转瞬间就成了血红色。布鲁身上流出的大量鲜血在海中迅速喷涌扩散开来。

一艘小艇伴随着一阵引擎声出现了。

船头站着一个头戴兔毛皮帽、端着猎枪的猎人,还有一个年轻男人在掌舵。

没看见布鲁的身影。是沉到深海里去了吗?小艇逐渐靠近被血染红的莲叶冰,在附近转来转去,寻找布鲁。

"这家伙跑到哪里去了?"

拿枪的男人用粗大的嗓门嘟囔道。这个男人是乌德盖族本领高超的猎人,猎杀北海狮的高手。

"应该是一枪毙命了啊……"

"流了好多血啊!一定在这附近,一会儿就会浮上来了。"年轻男子说道。

就在这时,只听"嘎巴"一声,海面裂开了,一个茶褐色的庞然大物跃出水面,飞越了小艇。

年轻男子一声惨叫,翻身掉入海里。布鲁那尾鳍一样的后肢狠狠地击中了他。

在猎人的帮助下,年轻男子连滚带爬地爬上了小艇,胡乱骂了几句,便颤抖着身体缩成了一团。

"赶快发动引擎!"

猎人端着猎枪,四下张望着大吼道。

"再来一次就把船掀翻了!"

年轻人的左臂似乎伤得不轻,他痛苦地皱着眉头,用力拉了一下发动引擎的绳子。

小艇径直朝卢拉所在的海滨奔来。现在已经不是担

心布鲁的时候了,卢拉一溜烟地向森林跑去。

布鲁的逃走让猎人十分恼火,这时一只水獭却跃入了他的眼帘。"嗯,能做一张不错的皮货呢,索性把这家伙打死算了。"猎人一边嘟囔一边把猎枪抵在肩膀上,扣动了扳机。

"砰!"尖厉的声音在卢拉脚边响起,小石子四处飞溅。卢拉连滚带爬地钻进了树丛。正在歌唱的两只三道眉草鹀受到了惊吓,拍拍翅膀飞走了。

在北国,黄昏总是来得很早。幽暗的桧树林里,细细的雪粒像无数小小的白色蝴蝶在一棵棵高耸的大树之间飞舞。卢拉的身体开始发热,仿佛鲜血正在体内熊熊燃烧。他感到口渴,不停地伸出舌头,哈哈地大口喘气。

被血染红的冰面与大海,布鲁使出浑身力气做出的壮烈的最后一击,这些画面不断在卢拉的脑海中盘旋。布鲁究竟怎样了?恐怕很难活命了吧。

"呼咿——呼咿——"卢拉听到一个圆润悠长的声音。卢拉几乎立即认定:是毛腿渔鸮!他松了一口气。从他出生时起,就和毛腿渔鸮是邻居,而且他们同样以捕鱼为生,对卢拉而言有一种亲切感。

卢拉加快了脚步。

之前他依靠的布鲁死得那么惨,这让他很想尽快见到毛腿渔鸮。

卢拉突然停住了脚步。他看到毛腿渔鸮正停在一棵高大的黄檗树上俯视自己。透过树缝照射进来的夕阳将黄檗那软木质的树干映照成了淡黄色，不过毛腿渔鸮降落的树枝有些阴暗，只能看清她的轮廓。

卢拉高兴地向前跑了几步，突然一个急刹车，停住了。"糟了，是那个家伙！"

或许是云彩散去的缘故，从树木之间洒下的夕阳余晖照在了这只猫头鹰身上。她那橘红色的眼睛闪了一下，卢拉看见她的头上长着两根像角一样的羽毛——是雕鸮。因为想要见老朋友的念头太过强烈，卢拉竟然一不小心把雕鸮的声音误听成了毛腿渔鸮的叫声。

雕鸮和毛腿渔鸮长得十分相像。毛腿渔鸮体形稍微大一些，不过乍一看去没什么区别。雕鸮身上的褐色更深一些，头上的羽毛更细，胸前生长的黑褐色羽毛图案更粗一些。不过，二者区别最大的地方是眼睛的颜色。若是被雕鸮那橘红色的眼睛狠狠瞪上一阵，身体就会像被施了咒语似的缩成一团动弹不得。

卢拉和雕鸮之间曾经有过一段不愉快的经历，那时卢拉刚刚来到这里不久。

这里是一片湿地。湿地上零星生长着几棵落叶松和低矮的桦树，还有白头鹤和绿头鸭在这里栖息。卢拉在湿地上的小河里捉到了一条四五十厘米长的红点鲑。

卢拉把红点鲑拖上了岸。刚才在水里的追踪和搏斗让他略感疲惫，不过美食在前，他还是忍不住舔了舔嘴巴。

红点鲑身上的横纹在秋日午后柔和的日光下发出彩虹般炫彩的光，身上镶嵌的白斑在彩虹上跳跃。卢拉正想张嘴去咬，眼前突然出现了一只老鼠。

一会儿吃剩下的会给你的，卢拉心想。就在这时，卢拉的眼前突然变黑了，一个柔软的东西碰了一下他的脑袋。

一只雕鸮突然对老鼠发动了攻击。那是一只今年刚刚离巢的幼鸟，浑身的羽毛已经长全，不过体形仍然很小。

卢拉还以为他是来抢鱼的，便发出愤怒的叫声威吓他。可是雕鸮并不理睬卢拉，而是伸出爪子去抓老鼠。

卢拉生气了，扑向雕鸮，一口咬住雕鸮的羽毛使劲向后扯。大型鸟浑身都被厚厚的羽毛包裹着，很难咬到皮肉。

几乎就在同时，传来一阵啪飒啪飒的振翅声，一团茶褐色的羽毛向卢拉笼罩过来。卢拉感到了危险，连忙向一旁跳去，后背上传来一阵剧痛。

是雕鸮妈妈看到孩子有危险便出手相救了。

毛腿渔鸮主要吃鱼，可是雕鸮却以小动物和鸟类为食。母鸟正在向刚离巢的幼鸟教授捕食技巧。幼鸟经验太少，发现老鼠后立刻被强烈的狩猎本能所支配，完全不顾卢拉的存在，径直扑了上去。

雕鸮幼鸟拍打着受伤的翅膀和母鸟一起匆匆飞走了。

卢拉呆呆地望着越来越小、渐渐消失在灰色天空中的雕鸮。这虽然是一个意外事件，可是一不小心说不定连命都没了。卢拉强忍着后背的疼痛，带着莫名的恐惧，慌慌张张地逃进树丛里去了。

夕阳下的这只雕鸮正是袭击过卢拉的母鸟。她正用她那极具特征的橘红色眼珠恶狠狠地瞪着卢拉，那目光仿佛要把卢拉烧化。

雕鸮的目光中流露出一个危险的信号：她随时都可能扑过来。她一定还在忌恨卢拉伤害了她的孩子。那只幼鸟不知后来怎样了。然而，现在已经没有时间考虑这些问题了。一瞬间的大意就有可能断送了性命——这是这只雕鸮教给卢拉的。自己的性命只有靠自己去保护，这是独自生存者的不变法则。

卢拉避开雕鸮那锐利的目光，迅速消失在大树的后面。

鲑鱼

跳跳遭到虎头海雕袭击

从北方过来的冷气团让河流彻底冻上了。森林和大地一片雪白。

对动物们来说,辛苦难熬的冬季来临了。卢拉每日也在为寻找食物而奔波。虽说有很多橡子,可是都在雪下面埋着。红松的大个儿松塔倒是比较容易找,不过大都是松鼠和田鼠吃剩下的。

最好吃的要属鲑鱼和鳟鱼了。不过也都不是活鱼,而是从雪里找来的冻鱼。

至于如何从河岸的积雪下的冰箱里找出鲑鱼和鳟鱼，卢拉在自己童年时就在故乡斯佩特拉河跟母亲露兹学会了。

冰冻的鲑鱼的确比树木的果实好吃，可是毕竟不如活鱼鲜美。

卢拉非常怀念桦树林里的青蛙池塘。他永远忘不了那个味道。这里会不会也有这种地方呢？该怎样度过漫长的冬天呢？既然跳跳和银胡子大叔一直住在这里，获取食物应该不成问题吧。

对了，已经好久没见过跳跳了。她过得还好吗？要不然去见见跳跳，向她请教觅食的方法吧。

卢拉寻遍了森林也不见跳跳的身影。她难道是去海边了？

大海已经完全变了样子。气温的不断下降使得莲叶冰粘到了一起，连成了一片大冰原。无边无际的冰原甚至给人一种毛骨悚然的感觉。

灰色的天空仿佛被撕开了一个口子，一束阳光倾洒下来。被阳光照到的冰原闪烁着耀眼的银光。北海狮群已不见了踪影。自从布鲁被猎人猎杀后，他们便彻底消失了踪影。

雪白寂静的冰海上一片寂寥。鱼儿们或许都在冰下游泳吧，空旷的白色海洋对卢拉而言就是一片死海。

远处的天空出现了一个黑点，黑点渐渐向卢拉靠近。卢拉能看见黑点身上的白色羽毛了,是虎头海雕。这对卢拉来说是危险的动物,不过在这片不见一个活物的白色世界,他的出现却让卢拉松了口气。

"咕,咕!"卢拉听到了一个可爱的叫声。卢拉惊得打了个激灵,冲着声音传来的方向发出像笛子一般的叫声:是跳跳吗?我找你找得好苦啊!你在哪里?

卢拉又呼唤了一次,可是没有回音。

卢拉一遍又一遍地呼唤着跳跳,向着声音传来的方向走去:别躲着我啊!出来吧!

一直浮在空中的虎头海雕像是乘上了疾风般突然加快了速度,一边下降一边朝着卢拉所在的方向俯冲过来。卢拉突然有了一种不祥的预感,朝着跳跳叫声传来的方向加快了脚步。

卢拉心中像雾霾般扩散的不祥预感变成了现实。虎头海雕突然急剧下降,落在了礁石滩上。

"克咿!"一声尖厉的惨叫划破了冰冷的空气。

就在十几米之外,卢拉用尽全身力气,朝着虎头海雕降落的地方奔跑。

传来几下很响的振翅声,只见虎头海雕腾空而起。他那黄色的爪子上紧紧抓着的,正是跳跳!

跳跳没有回答,一定是因为发现自己被虎头海雕盯上了。自己应该早点察觉危险的——卢拉后悔不已。奥福特因白尾海雕而死,现在跳跳又被虎头海雕抓走了!

为什么他最亲近的朋友都要一个一个地离他而去呢?

水獭毕竟很重,虎头海雕无法飞得很高,只是在低空飞翔。

卢拉跟在虎头海雕身后,拼命地追。当然,他是不可能追上的。然而,无尽的愤怒和懊恼让他必须这么做。

"咚!"

枪声响起,虎头海雕的翅膀歪了一下。

虎头海雕一双爪子仍旧紧紧抓着跳跳的脑袋,斜着飞过天空,朝冰原落去。

"是那个猎人开的枪!"卢拉突然想到。这个杀死了北海狮布鲁的可恶家伙,这次却替跳跳报了仇。

卢拉向着虎头海雕降落的冰原奋力跑去。

若是在水里,卢拉就能迅速地游过去,可是在冰面上奔跑却是他不擅长的。水獭的奔跑速度能够达到每小时十二公里。卢拉拼命撑着短脚,连滚带爬地在冰上奔跑。

身后传来嗒嗒嗒的微弱声音,好像有人跟上来了。要是猎人的话就糟了,不但救不了跳跳,就连自己也是危在旦夕了。卢拉忍不住回头张望,结果吃了一惊,竟然是银胡子大叔!

卢拉和银胡子向虎头海雕跑去,虎头海雕瞪着一双愤怒至极的眼睛,发出"呱"的叫声,威吓他们。

可怜的跳跳被虎头海雕的利爪紧紧按着,用几乎听不见的可怜声音叫道:救救我啊!好难受!好冷啊!

卢拉一心只想着救出跳跳，火气一下子蹿了上来，照着虎头海雕的脑袋扑了上去。

虎头海雕迅速躲开了卢拉的攻击，将头一扭，用他那黄色的巨大的喙向卢拉啄了过来。卢拉与虎头海雕的喙擦肩而过，却被像钟摆一般撞过来的虎头海雕的脑袋给撞飞了。

算是卢拉的运气好，若是和虎头海雕尖利的喙正面相撞，卢拉一定会遭到重创的。

由于愤怒而发起的攻击是多么鲁莽啊！卢拉忍受着肩膀的疼痛想。

卢拉和银胡子对虎头海雕形成包围之势，瞪视了起来。他们端好了架势，想要寻找时机发动攻击。可是虎头海雕也拼上了性命，大口喘着粗气，不让他们靠近，有时还会发出"呱呱"的不祥叫声。

跳跳已经虚弱至极。她微睁着双眼，发出细弱的哀求声。虎头海雕踩着她，爪子稍微动一下，跳跳就会发出痛苦的声音。

就算他们一直重复这种不痛不痒的恫吓，也是毫无意义的，必须打破这种僵持的局面。

银胡子转到了虎头海雕身后，和卢拉一起对海雕形成了夹击之势。他们并没有事先约定好，而是在默契之下采取了这个战术。

卢拉面露怒色，向虎头海雕发动了突然袭击。

虎头海雕橙色的眼睛里燃起了愤怒的火焰，猛地向前冲出两三步，张开一只翅膀，威吓卢拉。

与此同时，银胡子咬住了虎头海雕受伤的翅膀，使出浑身力气用力扯起来。

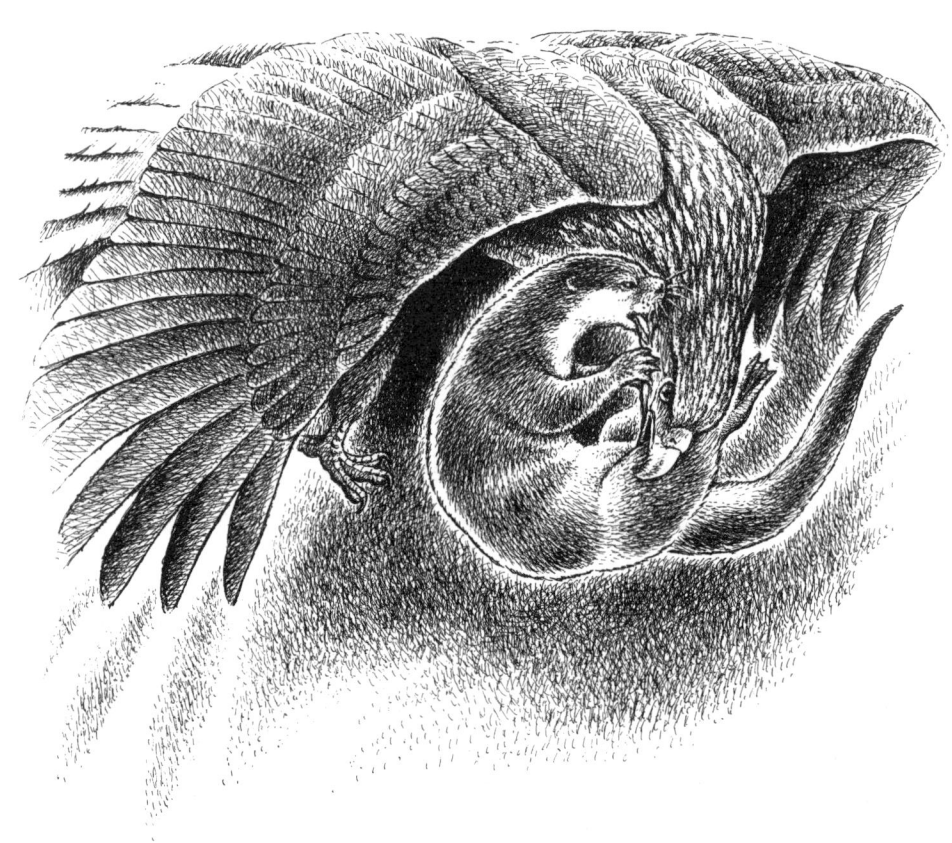

虎头海雕发出撕心裂肺的叫声。鲜红的血从翅膀根部滴落，染红了冰面。

虎头海雕一边惨叫着一边向后扭转身，朝着银胡子扑过去。他用爪子踩着冰面，跳跳被踢了出来。

虎头海雕扇动着另一只没受伤的翅膀，用他那像凿子一般锐利的喙朝银胡子的大腿根猛啄过去。

银胡子发出一声惨叫，回转身死死咬住了虎头海雕的脖子。

虎头海雕和银胡子扭成了一个圈，在冰面上翻滚着。银胡子拼尽了全力。他全然不顾虎头海雕那利刃般的爪子正撕扯着自己的身体，死命地咬住不松口。

就在他们两个上演殊死搏斗之时，卢拉瞅准机会叼着跳跳的脖子，把她拖到了安全的地方。

虽然救回了跳跳，可现在还不是放松的时候，他得去帮银胡子大叔。卢拉又转回身，朝着血肉横飞、殊死搏斗的银胡子大叔跑去。

不过，还没等卢拉赶回战场，战斗就结束了。虎头海雕的脖子被咬断了，只见他张着一只翅膀伏倒在冰面上。银胡子也趴在一旁，一动不动。

"银胡子大叔不会死了吧？"卢拉发出"咕咕"的叫声，朝银胡子跑过去——大叔，千万别死啊！坚持住！

极光闪现之后

银胡子受了重伤。左后腿根部被扯了一个大口子，鲜血喷涌而出。后背和腹部有好几道抓伤，渗出了血。鲜血染红了冰面，冰面上横卧着虎头海雕惨不忍睹的尸体。

不管卢拉怎么呼唤，银胡子都不回应，一动不动。难道他死了？卢拉心想。卢拉坐在银胡子面前，轻轻拿起他的前爪，前爪是暖和的。"还活着。"卢拉放心了，"咕咕嚓"地叫着，轻声呼唤着：你还好吗？

银胡子一直紧闭的双眼睁开了一条缝，流露出温和的目光。卢拉高兴起来，忍不住朝银胡子扑了过去。银胡子痛苦地皱了皱眉，发出低沉的呻吟声：卢拉，别这样。你弄疼我了。我可是遍体鳞伤啊！卢拉坐在银胡子身边，一筹莫展。他不知道自己该怎么办。

北国的冬天，夜晚总是早早降临。西方的天空布满了一层层火红的云霞，仿佛被鲜血浸染了，令人毛骨悚然。

卢拉朝海岸望去，他看见在银色冰原的边际生长着连绵的红松林。卢拉感到身体里有一团东西涌了上来。"过来啊！待在那种地方很危险！你的家在这里！"森林仿佛在这样召唤他。

卢拉像是被什么东西吸过去似的，朝着森林前进了几步。

跳跳也好，银胡子也好，恐怕终究是没救了。即便卢拉留下来也无济于事，应该首先考虑自己的安危。卢拉突然间变得冷酷无情了。"走吧，赶快回到森林里吧！留在这里太危险了。"

"克咿！咻——咿咕！"微弱的声音敲击着卢拉的耳鼓。卢拉一下惊醒了，停住了脚步。有一种莫名的东西强烈地动摇着卢拉的内心。

卢拉"咕咕"地叫着，忽地掉转身，朝跳跳所在的方向跑去——对不起！我不应该扔下你独自逃走！

跑到跳跳身边后，卢拉叼起了跳跳的脖子。跳跳已经虚弱到无法动弹，卢拉想要帮她，可是却不知该怎样帮她。卢拉叼着跳跳，一筹莫展。

西方天空飘浮的一团团红云渐渐变成了灰色。夜晚来临了。北国的大海上，气候变化莫测，说不定会突然有暴风雪降临。

卢拉叼着跳跳，朝银胡子走去。银胡子大叔应该会有办法吧。被卢拉衔在嘴里的跳跳浑身无力，身体软塌塌地垂着。

银胡子的精神恢复了一些。卢拉走上前去，紧贴着银胡子的身体。透过厚实的毛，卢拉可以感受到银胡子的体温。卢拉感觉自己又活过来了。

银胡子站起来，环顾四周，然后朝着东方缓缓走去。他拖着受伤的左腿，一步一步地用力走着，那背影让人心痛。有时他会将头扎进两只脚中间，弓着背，一动不动，像是在忍受剧烈的疼痛。

前方有一座小小的冰山。随风漂流的冰块互相撞击，撞击时产生的力量使冰块破裂并向上隆起，形成冰山。银胡子想要去的地方就是那里。

卢拉立刻就意识到了这一点，他叼着跳跳，朝隆起的小冰山走去。那些破裂的冰块重叠在一起，竟然形成了一个洞穴。要是在这里过夜的话，又能避风又能御寒。银胡子不愧是经验丰富啊！卢拉甚是佩服。

卢拉将跳跳塞进洞穴，肚子忽然咕地叫了一声。他饿了。卢拉饥饿难耐，几乎没力气动弹了。

可是，在这片被坚冰覆盖的海洋上，是找不到食物的。卢拉突然无力地瘫倒在冰面上。

卢拉感到喉咙很干。他把冰块放进嘴里，嘎吱嘎吱地嚼起来。冰冷的水流过喉咙，卢拉觉得很爽快。卢拉又抓过冰块塞进嘴里，干渴总算是止住了，可是饥饿的感觉反而更强烈了。

卢拉觉得有什么走过来了，回头一看，只见银胡子大叔拖着伤痕累累的身体迈开了脚步。"这样的身体状况，是走不到海岸的！"卢拉刚想劝说银胡子，突然醒悟了。银胡子要去的地方，正是虎头海雕尸体所在的地方。

"只要吃那个就行了！我怎么就没想到呢！"卢拉心里嘟囔着，一溜烟地跑向虎头海雕。

虎头海雕的身体已经被冻得硬邦邦了。卢拉咬住羽毛，拼命地拽。他是想把尸体拖到银胡子和跳跳所在的地方去。

走到距离他们三十米外的地方时，卢拉耗尽了力气，瘫倒在冰上。因为是在冰面上连拖带滑，才好不容易走到了这里，不过这对卢拉来说已经是极限了。

银胡子大叔一瘸一拐地走了过来。银胡子的血已经大体止住了，精神也恢复了大半。卢拉和银胡子齐心协力，将虎头海雕拖到了洞里。

三只水獭仿佛好几天没吃东西一样，狼吞虎咽地吃着虎头海雕的肉。卢拉觉得自己从未吃过这么美味的食物，冰冷透顶的身体也渐渐暖和起来了。卢拉想歇一会儿，便抬起头望着天空。

夜已经深了，蓝黑色的晴空里，无数星星在闪烁。北方的天空里，升起了一道青白色的云彩，仿佛将北斗七星的勺柄切断了。那道云彩渐渐变成一大团薄云，铺在广阔的天空里——是极光。

薄薄的青白色极光突然晃动起来，凝聚在右侧后，变成了一团绿色的龙卷风在空中摇晃。左侧的青白色云团不知何时染成了红色，不时喷发出橙色、黄色和深蓝，蜿蜒起伏着。

卢拉在斯佩特拉河时，曾经透过干枯的树林看见过淡绿色的极光。那时的极光只是在天空中铺了一层薄薄的绿色的膜，没过多久就消失了。当时他觉得很神奇，不知那是什么东西。而这次是他第一次看见如此艳丽奇妙的极光。卢拉仿佛要被吸走了，如痴如醉地凝视着天空中的这场华丽演出。

极光似乎在不断地吸取能量，空中形成了一个巨大的旋涡，渐渐向北方的天空延伸。

在右侧，蓝绿色的龙卷风形状的火焰蹿上了天空。左侧，比晚霞颜色还深的红色火焰延伸成一片，发出妖艳的光芒。

极光的活动突然活跃起来，蓝绿色和红色的火焰在天空中熊熊燃烧。在靠近天顶的地方，光束分成了几束，像波浪般起伏着、扭曲着、折叠着。转瞬间，整个天空都放出耀眼的光芒，将冰原照得如同白昼般明亮。

卢拉茫然地看着在天空中上演的这一幕豪华的光之戏剧。当彩色的光束升到天顶，放射出灿烂的光芒时，一种莫名的恐惧突然袭来，卢拉迅速钻进了银胡子所在的冰穴。

卢拉被吓到也不奇怪。阿穆尔河河口每隔两三年才会出现一次极光，他极其幸运地目睹了这场罕见的空中大戏。

极光是太阳喷发的带电粒子形成太阳风后与地球大气中的原子和分子碰撞而产生的发光现象。太阳风进入地球磁场时，二者相互作用，会释放出巨大的电流。据说极光能产生一千万安培、数兆瓦特的电力，可谓是天空中诞生的庞大电力工厂演绎出的光之戏剧。

卢拉当然不会知道这些。冰原在瞬间亮如白昼，又在转眼间回到黑夜，这种光的变化令他心生畏惧，跑到冰穴里抱头缩成了一团。

令人目眩神迷的壮丽的绘画展结束后，天气变得愈发寒冷了。虽然水獭们并没有预见到天气的变化，不过将虎头海雕拖到洞穴里的确是正确之举。虎头海雕不仅为他们提供了美味的晚餐，厚实的羽毛还为他们抵御了严寒。

卢拉和银胡子扯下虎头海雕的羽毛，在冰穴里做了一个温暖的窝。他们将虚弱到极点的跳跳围在中间，蜷起身体紧紧靠在一起，用体温来互相取暖。

到了半夜，天气发生了突变，刮起了暴风，天空中下起了细雪，气温急剧下降。

暴风雪来临了。

风速超过二十米的暴风雪呼啸着肆虐着，冰块相互撞击的声音不绝于耳。冰的裂缝吱吱地摩擦着，仿佛在忍痛啜泣。而这一声音又迅速淹没在冰块相撞时发出的巨大响声里。

暴风雪刮了两天两夜。呼啸的风声撕裂了冬季的天空，卢拉和银胡子、跳跳一面听着外面的风声，一面紧紧地依偎在一起，抵御恐惧和严寒。他们只能躲在洞里等待暴风雪停歇。

第二天傍晚，暴风雪终于停住了，取而代之的是令人难以置信的宁静。西方的天空中飘浮着金色的云朵。

洞穴完全被雪封住了。卢拉扒开雪，走到外面。空气里没有一丝风，柔和的夕阳令人愉悦。卢拉撑住四肢，拱起后背伸展着身体，深深地吸了一口气。

眼前是一片雪原。环顾四周，卢拉看不见海岸上的树林。这是一片无边无际的白色世界。卢拉的脑中也是一片空白，什么也想不起来。今后要怎样在这片白色世界里生存下去呢？隐隐的不安让他的心蒙上了一层阴影。

卢拉漂流到了距离海岸一百多公里远的海面上。

他看到的冰原并不是与大地相连的雪原，而是大大小小的浮冰连在一起形成的冰面。浮冰在风的作用力下会浮动。若是风速达到每秒十米，浮冰就会以每秒二十至三十厘米的速度移动，因此一天就会移动十七至二十六千米。这场暴风雪的风速达到了每秒二十至四十米，所以卢拉他们乘坐的浮冰已经漂出了库页岛北端，来到了鄂霍次克海的广阔海面上。

没有人帮你

卢拉回到冰穴里,不由得松了口气。幸亏他还有可以依赖的伙伴,这是多么难能可贵啊!水獭本是独自生活的动物,可是在无法想象的海上冰雪世界里,卢拉不知道究竟该如何生存下去。这种时刻,若是有朋友的陪伴,也能够涌起生存下去的力量。

银胡子大叔正在睡觉。卢拉回到洞里时,他动了动银色的胡须,又轻轻耸了耸鼻子。即便是在睡觉,他也时刻警惕着周围的情形。

卢拉走近跳跳，贴着她的身子躺了下来。卢拉想念同伴身体的温暖了。

突然，卢拉跳起来向后退去，像是看一件不可思议的东西似的盯着跳跳。他的心在狂跳，心脏仿佛要从喉咙里跳出来了。

跳跳的身体已经变得像冰一样冰冷、僵硬了。

受到惊吓的卢拉脑子一片空白，不过很快就恢复了平静，伸着脖子闻了闻跳跳的身体。一股奇怪的味道钻进了他的鼻子。他小心翼翼地伸出前爪碰了碰她的身体，身体冰凉，就像摸到了冰一样。

卢拉将自己的身体紧紧贴在跳跳的身体上。他想用自己的体温温暖她。他觉得，自己这样做说不定能让跳跳起死回生。

卢拉一不小心睡着了。当他迷迷糊糊地睁开眼睛时，突然发现银胡子大叔不见了。卢拉连忙在洞里四处寻找，可是哪里也找不到。卢拉急忙走出洞穴。

太阳已经下沉到了地平线上。在地平线上方飘浮的火红色扁平云彩仿佛已经燃烧殆尽，渐渐变成了灰色。卢拉瞪大了眼睛，仔细环顾这片被染上了一层淡淡红色的冰原。"银胡子大叔究竟去哪儿了？"

哪里也找不到银胡子大叔的踪影。说不定他正躲在凹凸不平的冰面上的某个凹陷处。可是即便如此，他为什么要跑到那种地方去呢？或者，他不小心陷在冰块的

裂缝中，溺死了……

"咕——咕——呼咿咕——"银胡子大叔，你在哪里？卢拉大声呼唤着。没有任何回答。卢拉焦躁起来，开始转着圈奔跑起来，并且再次大声呼喊起来。

冰冷的风呼呼地刮着，卢拉的毛被吹得倒竖起来。他并不觉得冷，身体莫名其妙地发热。银胡子大叔一定还活着。这样的想法让他的身体燃烧了起来。

他的嗓子干了，声音沙哑了，舌头僵硬了。卢拉突然没了力气，身体软软地瘫了下来。

他呆呆地望着逐渐黑下来的天空，心里突然难受起来，像是身体被什么东西死死地抓住了。

好孤单。那是一种无依无靠、无法释怀的苦闷，就像是一条鱼在地上孤零零地滚来滚去。跳跳死了，值得依靠的银胡子大叔也不见了。今后要如何活下去呢？卢拉一筹莫展，被孤零零一无所依的寂寞击垮了。

大雁排着整齐的队伍，向南飞去。浅黑色的天空中还残留着些许红色，传来一阵阵"咔昂——咔昂——"的清脆叫声。卢拉凝视着远去的雁群，心中涌起一个模模糊糊的念头："我也会漂向大雁飞去的方向吗？"

卢拉的目光从大雁身上移开，落在了冰原上。这时，他看见了一个不可思议的东西。

在数十米远的地方，有一个黑色的圆形凸起。"那是什么？"卢拉盯着那个湮没在黑暗中的东西看了起来。

"是北海狮吗？"

那个黑色的凸起忽然变大了，卢拉看清了他的样子。

"是银胡子大叔！"卢拉激动起来，大叫着朝银胡子飞奔过去。

银胡子正在吃一条大鱼。当卢拉弄明白这一点后，肚子咕地叫了一声，一阵强烈的饥饿感袭来，他的身体饿得几乎抽搐了。仔细想来，他已经有将近三天没吃东西了。

卢拉跑到银胡子身边，发出欢快的叫声——太好了！银胡子大叔你还活着！真是太好了！

那条鱼是长达几十厘米的狭鳕。卢拉想当然地要过去吃鱼。

"嗷——"银胡子发出低沉的吼叫声威吓卢拉，叼起狭鳕，转过身去继续吃。

卢拉顿时惊呆了，看着银胡子的背影。太令人难以置信了！他的肚子又叫了一声。

卢拉从背后绕到银胡子的正面，看着银胡子。银胡子狼吞虎咽地嚼着狭鳕，吃得正香。卢拉的嘴里全是口水。他向前走了一步，银胡子立刻用可怕的目光瞪着他，发出威吓的声音。

最初，卢拉还以为银胡子是在故意刁难他，可实际上并非如此，银胡子丝毫没有分给卢拉鱼肉的意思。卢拉愤怒了，一度朝银胡子扑过去。可是他遭到了银胡子的反击，被踢飞了。饥饿让卢拉的体力下降，他的攻击完全没有杀伤力。

卢拉放弃了，站在几米之外的地方，看着银胡子大口大口地吃鱼。银胡子匆匆吃完后，就像没看见卢拉一样，快步钻进了巢穴。

卢拉啃着剩下的鱼头残片和尾巴，舔着血。不管是多么小的肉渣，现在对他来说都是极具吸引力的。可是，这些残羹冷炙怎么能填饱肚子呢？卢拉满心懊恼，一屁股坐在地上。

他突然想起了一件往事，那是他小时候的事情了。母亲露兹总是捕鱼给他吃，可是有一天，母亲突然不再给他捕鱼了。

不管卢拉怎样哀求，母亲只是自顾自地大快朵颐。卢拉一直纠缠不休，结果却被母亲扔进了水里。母亲的意思是："今后你要自己捉鱼。你已经长大了。"从那天开始，卢拉便学着自己捉鱼了。

想到这里，那股无名怒火也渐渐平息了下来。卢拉瞅了瞅冰块的裂缝。蓝黑色的海水静静地泛着涟漪。卢拉毅然决然地跳了下去。

海水出人意料地温暖，这让卢拉大吃一惊。海水在零下一点七摄氏度以下才会结冰，所以没有结冰的海水温度自然在这之上。在海水里比待在外面还要温暖。

卢拉试着向下潜水。黄昏降临了，海洋里变成了蓝黑色，看不清前方。一条大鱼从卢拉身旁游过。卢拉想要追上去，但又极力克制住了这种冲动。

对于冰下的世界，他一无所知。一旦不小心潜入了冰面下的海洋，很有可能再也出不来了。而且夜晚马上就要降临了，若是群星闪耀的晴朗夜晚倒也罢了，如果赶上阴天，大海里面肯定是一片漆黑。

卢拉从海里爬上冰面，无精打采地向巢穴走去。仅仅几十米的路程，不知怎么却显得那么遥远。

洞穴里，银胡子大叔正伸展着身体，脸朝下趴在窝里睡得正香。卢拉见状不由得怒上心头。"可恶，竟然吃独食！"卢拉尽量与银胡子拉开距离，蜷缩着身体躺下了。刺骨的寒气让卢拉感觉越来越冷。不一会儿，他就迷迷糊糊地进入了梦乡。

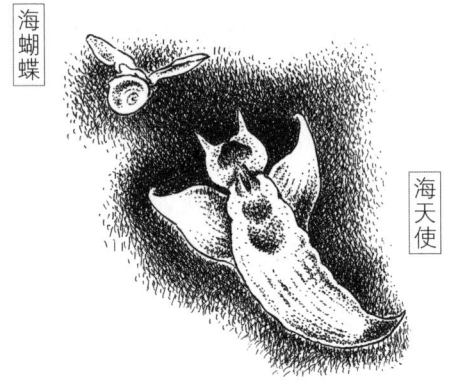

海蝴蝶

海天使

冰下的精灵们

卢拉醒来时,太阳已经升得很高了。昨天晚上他累得筋疲力尽,虽然没有睡得很死,不过一直迷迷糊糊地睡到很晚。

银胡子大叔仍然闭着眼睛躺着,也不知他是睡着还是醒着,不过这些都无所谓。"哼,吃饱了就睡的老头子,随便你吧!"卢拉心里这样想着,走出了洞穴。

幸好今天是多云转晴,而且最难得的是风特别小。卢拉走出洞穴,弓起后背,打了一个大大的哈欠。他仍旧很饿，不过却觉得精力充沛。"发愁也没用，总会有办法的。"现在卢拉的心态已经是泰然自若了。

卢拉来到了昨天去过的冰面裂缝处。冰面上还残留着黑色的血迹。

卢拉毫不犹豫地跳进了大海。

海水很温暖。卢拉感觉就像泡在温泉里，很舒服。

卢拉已经很久没在海里游泳了，他觉得畅快淋漓。他甚至忘记了饥饿，顺着冰面裂缝形成的水路忘情地游着。

他果断开始下潜。一群玉筋鱼游了过去。卢拉拼命左右摆动着尾巴，全速闯进了鱼群。卢拉这个意外的入侵者搅乱了鱼群，玉筋鱼群像绽放的焰火一般散开了。有一条鱼误打误撞地冲到了卢拉面前，被卢拉抓住了。

卢拉在水中以最快的速度把鱼吃了。他根本没有时间细细回味，而是贪婪地把鱼塞进嘴巴，吞下喉咙，吞进胃里。接着，他又捉到了一条三十厘米长的大鱼，便拖上冰面大吃起来。卢拉终于有时间慢慢品尝鱼肉的味道了。他从容不迫地嚼着鱼肉，没想到捕鱼并没有想象得那么难，卢拉终于放心了。

吃完了最后一块肉，卢拉再次跳进了海里。可是，他的期望完全落空了，这次连一条鱼都没看见，只有两只透明的水母从他面前漂走了。

卢拉爬上冰面，在微弱的阳光下晒着太阳。开头太顺利了，事情根本没有那么简单。

　　冰面下方或许有无数的鱼，可是辽阔的海洋无边无际，能否碰上那些鱼还是未知数。况且，海洋的深邃也令人畏惧。若是在海岸附近，即便海水很深，好歹还能看见海底。可是在这里，卢拉根本无法预料海水究竟有多深。那深不见底的黑色地带让卢拉感到惊恐。

　　对面，一团茶褐色的物体正在游动——是银胡子。

　　他朝着和卢拉相反的方向游去。或许是找到了某处冰面裂缝，要去捉鱼吃吧。"随便你吧。你走你的阳关路，我走我的独木桥。水獭本来就是独自生活的动物。"

　　这样一想，卢拉顿时精神起来。虽然肚子还很饿，不过久违的鱼肉的滋味给了他生存下去的信心。

　　浩瀚的大海与河流不同，卢拉不知道能否在海里顺利捕到鱼。不过，他现在的心态很乐观，觉得车到山前必有路。"先休息一会儿，然后再潜水看看。"卢拉享受着温暖的日光，懒洋洋地想着。

　　这样平静的日子十分少见。大多数时候，天空总是阴沉沉的，刺骨的狂风会突然夹杂着细雪呼啸而至。在那种日子里，卢拉和银胡子通常会蜷缩在冰穴里，静静地等待暴风雪过去。

　　当外面的气温降到零下二十摄氏度时，寒风吹来，体温会急剧下降，一般来说身体是受不了的。不过冰穴里却出人意料地温暖。

卢拉和银胡子默默地蹲伏在冰穴里。跳跳那冻僵的尸体横卧在洞穴深处。卢拉对银胡子的愤怒已经基本消失了。如果他们能紧紧依偎在一起，该是多么温暖啊！那样的话，无论怎样的严寒都能抵御。这些卢拉心里都明白，可是，他的心情还不允许他这样做。

暴风雪肆虐的日子，天空是阴暗的，分不清白天和黑夜。也不知过了多少天，当卢拉睁开眼时，看见金色的光照进了冰穴。

他走到洞外，看见天空和冰海都闪耀着金色的光辉。耀眼的光芒让他有些头晕，他在洞穴的入口处蹲了下来。

金色的太阳在冰原上露出了半个脸庞，金色的光芒在冰原上闪耀。

冰原并非雪白辽阔的平坦地带，冰块相互撞击后会形成凸起，刺向天空，或是形成几米高的小冰山。这些海潮和风创作出的冰雕形态各异，散布在辽阔的冰原上。当金色的阳光照在这些冰雕上时，冰原上就会出现一个个跳跃的灰色影子。

天空也仿佛贴上了金箔，金光熠熠。

几道长长的云彩横在天边，像是淡淡的墨汁在流淌。金黄色的光从云朵中间射出，愈发显得耀眼了。云彩里飞出了五个小黑点，沐浴着金光，在天空中飞翔——是虎头海雕。

卢拉见状不由得心里一惊，当然，他现在并不担心会遭到袭击。他似乎被展翅翱翔的虎头海雕吸引了，迈开脚步走进了冰原。

卢拉已经饿得前胸贴后背了。他拖着被阳光染成金色的身体，艰难地走到了冰原的裂缝处。

他看着反射着金光的蔚蓝色大海，心中备感欣慰。卢拉是水之子。离开了水，他的生命就失去了活力。大海是生命之水。卢拉义无反顾地跳进了大海。

金色的光照了进来，海里十分明亮。茶褐色的海藻附着在冰面下方，海藻周围聚集了一群微小生物。

大量的秀箭虫、糠虾和钩虾等微小生物像是垂在冰层下的一团团线头，四周围了许多前来觅食的小鱼。浮冰的下方有着小小的山峰和山谷，无数微小生物在那里热闹地生活着。

茶褐色的海藻是一种叫作冰藻的浮游植物。这是植物的一种，生活在冰层里，依靠光合作用进行繁殖。冰层下方生长着无数的冰藻和其他肉眼看不见的微小浮游植物。为什么冰层下面会产生这么多的浮游植物呢？事实上，正是浮冰培育了这些浮游植物，整个过程是这样的：

浮游植物生长繁盛的首要条件是阳光。海面以下越是往下阳光越少。海面以下一百米的水域是浮游植物能够生存的范围。

浮游植物的繁殖不仅需要光线，还需要氮、磷、钾、硅这些无机盐类的营养成分。然而，在普通的海洋里，这些营养成分大多存在于海底，海水表层中的含量很少。不过，在浮冰的下面却存在着大量营养成分。

浮冰是海水结冰形成的，结冰时海水中的盐分被分离出来。不过，还有一部分盐分被封锁在冰的结晶之间，这就是盐水，类似于盐度很高的细胞。

随着温度不断下降，盐水中的淡水不断被分离出来，盐分的浓度越来越高。盐水逐渐在冰层中下沉，最后从冰层里分离出来，进入海水。

因为盐水浓度很高，质量大，便与冷却的海水一起渐渐沉向海底。这个过程就像是雨水从云层落下的过程，海水表面的浮冰相当于天花板，盐水就是从这里降落到海底。

盐水下沉的作用力促使含有海底营养成分的海水上升至海面。从深海上升至海水表层的水流叫作涌升流，涌升流充当了为浮游植物提供养分的肥料。

各种浮游植物聚集的浮冰下面，也同样汇聚了许多前来觅食的浮游动物，还有以浮游动物为食的小鱼、太平洋鲱、鳕鱼、远东多线鱼和宽突鳕等栖息在寒流里的鱼类。

与寒冷而辽阔的白色冰原不同，浮冰的下面是大大小小各种生命的天然养殖场。是浮冰创造了这个养殖场，而鄂霍次克海浮冰的创造者正是母亲河阿穆尔河。

卢拉虽然惊叹于浮冰下面的海洋生命那令人眼花缭乱、生机勃勃的生活场面，不过极度的饥饿驱走了惊奇与不安，他将那些像鱼一样聚在一起的微小生物塞进了嘴里。味道很奇怪，可是，他已经顾不上计较味道如何了。运气好的话，他甚至能随手捉到一条有嚼头的鱼。

尽管是些微小生物，可如果一遍一遍不厌其烦地往嘴里塞的话，终归还是能填饱肚子的。

卢拉感觉自己又活过来了，他在冰面上舒舒服服地躺了一会儿。最后，还是阿穆尔河拯救了卢拉的性命。当然，卢拉不会知道这些。他正在思考别的事情。

从刚才开始，他就注意到了一件事情。海里漂着一种奇怪的生物，说起他的样子，就像是透明的身体中点了一盏灯。刚才卢拉只顾着填饱肚子，没来得及弄明白那是什么。不过他一直觉得那东西很不可思议。

卢拉潜入海里，仔细环视大海，才发现海里生存着许多奇妙的动物，而在这之前他未曾留意过。

不同种类的水母在水中漂浮着，仿佛一朵朵绽放的美丽鲜花。栉水母从透明的伞状体里伸出两条长长的腿，那长腿根部的红色亮光给卢拉留下了深刻的印象。透明的卵形瓜水母不停地舞动着身体四周的纤细绒毛，一边前进一边挥洒出一道道细细的彩虹。转钩手水母则

从半球形的玻璃般的身体里垂下无数纤细的触手，静静地漂浮在水中。

水母陆陆续续从卢拉眼前游过。卢拉试着捉了一只。他原以为这个透明的物体会很坚硬，没想到竟然软绵绵的，就像一团水。卢拉正在吃惊，突然大叫着缩回了前爪。

声音变成了水泡浮向海面，卢拉皱着眉头，前爪在痉挛。一阵如针扎般的疼痛穿过了他的指尖。他不巧抓住了一只有毒的水母。

一群小鱼从卢拉眼前游过。还有体内点着红灯的精灵！

那家伙的身体是透明的，有四至五厘米长，分成了头部和躯干两部分。有趣的是，他的头上长着两只可爱的角。他长着一对类似于翅膀的东西，那对张开的翅膀前后扇动，透明的红色精灵便在水中翩翩起舞，一会儿前进，一会儿后退，一会儿往上，一会儿往下，一会儿向左，一会儿向右。

卢拉最感兴趣的是，精灵的头部、脸部以及胸部里镶嵌了红宝石般的红色发光体。精灵身体的末端像萝卜一样越变越窄，那里也闪耀着红光。

卢拉想要仔细看看这个叫作海天使的小动物，便游到海面上换了口气，然后再次潜入海中。

几只海天使踏着节奏，晃动着身体，在海里翩翩起舞。卢拉被眼前这从未见过的神奇世界迷住了，放慢了脚步，如痴如醉地看着海天使的曼妙舞姿。

精灵长得虽然可爱，可是他的嘴巴和眼睛在哪里呢？没有眼睛倒也罢了，可要是没有嘴，就无法进食，又如何生存下去呢？卢拉在心里嘀咕道。就在这时，一种叫作海蝴蝶的小动物从对面游了过来，他的样子就像是长了两只翅膀的蜗牛。

海蝴蝶和海天使其实都是一种翼足类的螺类生物。普通螺类栖息在海底，翼足类身体的一部分充当了翅膀的作用，他们便是靠着扇动翅膀在海中游泳，这也是翼足类的一个十分有趣的习性。

海天使的贝壳已经彻底退化了，因此他又叫作"裸龟贝"，就像是陆生螺类里的没有壳的蛞蝓。

海蝴蝶则长着向左旋转的贝壳，一旦有危险临近就会把身体缩进贝壳里。他又叫作"微尘浮蜗牛"。

海蝴蝶舞动着两只透明的翅膀，在水中轻快地飞舞，那样子十分可爱。海天使和海蝴蝶在水中翩翩起舞，仿佛在风中飘舞的花瓣，卢拉不由得想起了陆地上的生活。

然而，就在这时，发生了一件令人大吃一惊的事情，那是一件意想不到的可怕事情。

海蝴蝶挥动着翅膀，轻盈地游了过来。这时，只见海天使快速拍打着翅膀，朝海蝴蝶游去。

海天使的头撞上了海蝴蝶。海蝴蝶瞬间就和海天使的头部紧贴在一起了。

怎么回事？

卢拉想看个究竟，便加速游了过去。天哪！海天使的嘴竟然长在头顶！此刻他正大张着嘴，一口咬住了海蝴蝶。

海天使的主要食物是海蝴蝶。他长在头顶的嘴的结构十分复杂，就是为了方便捕食海蝴蝶。海天使从头部伸出六根捕食器官，可以牢牢地抓住海蝴蝶。

海蝴蝶挣扎着想要逃跑，可是海天使巧妙地支配着六根触手把他送入口中，然后将刀刃般锋利的钩针刺入海蝴蝶的贝壳，取出里面的肉，然后扔掉贝壳，把肉吃下肚。

海蝴蝶自然不会轻易让海天使吃掉，拼命想要逃跑，将身体蜷缩在螺里。海天使死死抱住螺壳，将钩针用力插入壳中。就这样，有时要耗费一个小时才能取出壳里的肉。

海天使的这一套捕食方法，卢拉当然不会知道得这么详细。可是当他看见像精灵般可爱的海天使竟然用长在头顶的嘴吃掉了同样可爱无比的海蝴蝶，他感到震惊不已。

不过，这种捕食与被捕食的关系在动物世界里是再寻常不过的现象了。卢拉很快就恢复了平静，若无其事地观看着海天使的整个捕食过程。岂止如此，他甚至动了抓个海天使尝尝鲜的念头。

在水中漂浮的海天使很不好抓，刚一凑上前去就会逃走了。不过这只想尽办法将海蝴蝶塞进嘴里的海天使捉起来却很容易。

卢拉一口咬住海天使吞了下去，没想到味道十分鲜美。这也难怪，海天使本是贝类的一种，而且没有贝壳，极易入口。小一些的就不说了，体长五六厘米的海天使还是很值得一吃的。

从那天起，海天使对卢拉来说便不再是海中飞舞的花瓣了，而成了他最爱吃的食物之一，是维系生命的重要食粮。

海鹦

成了孤身一人

浮冰以极快的速度在库页岛的东侧向南漂流。由于四周都是雪白的冰原,卢拉自然不会注意到浮冰的流向。

乍一看去,四下里是一望无际的冰原,可实际上都是汇聚在一起的大大小小、各种各样的浮冰。有长达几百米以上的巨大冰板,也有像小山般隆起的冰块,这些浮冰互相撞击,高高隆起,有时会形成高达十米的小冰丘,或是长达数米的小小山脉,将冰原隔开来。

大小不同、形状各异的浮冰时而分离时而粘连,时而剧烈地碰撞，于是冰板重叠在一起，渐渐形成了山峰、低谷和平地一般的交织在一起的复杂地形。

一天，刮起了一场猛烈的暴风雪，卢拉从未经历过如此可怕的暴风雪。卢拉和银胡子都知道，这种时候，只能乖乖地窝在洞里，静静地等待暴风雪过去。

狂风呜呜地呼啸着，夹杂着冰层破裂的轰鸣声、嘎吱嘎吱的挤压声和开裂的声音，仿佛鬼哭狼嚎一般。卢拉有一种不祥的预感，觉得这次的暴风雪和往常不太一样。他走到银胡子身边，将身体贴了上去。银胡子像死了似的一动不动。不过，卢拉能感觉到他的体温渐渐传了过来。

一股莫名的令人怀念的心情像温暖的蒸汽般翻涌上来。银胡子的体温让卢拉想起了儿时在巢穴中三只小水獭和母亲露兹依偎在一起的幸福时光，还有那份舒适惬意。

一天，卢拉捕鱼归来，不小心撞见银胡子依偎在跳跳的遗骸旁边。银胡子发现卢拉后，像是一个做了错事被发现的孩子一样，急忙躲开了，在冰穴一角蹲了下来。

自那以后，卢拉对银胡子的敌意彻底消失了。况且现在不管他愿意与否，他们都已经成了生死与共的命运共同体，这种同舟共济的感觉从互相依偎时感受到的体温中渐渐萌生出来。

暴风雪越来越猛烈了，冰层在狂风中发出撕心裂肺的悲鸣。巨大的爆炸声在附近轰鸣，巢穴的冰壁开始晃动。

冰面下传来巨大而厚重的声音。是巢穴下面的冰裂开的声音吗？一种不祥的预感让卢拉惴惴不安。

银胡子一直像死了似的趴着一动不动，这时突然起来了，伸了个懒腰，打了个大大的哈欠。然后，银胡子竖起耳朵，发出"咕咕咕"的叫声，一定是感觉到了某种危险。卢拉见状也紧张起来，站起身来，端好了架势。

"嗷呜——！"肆虐的暴风雪发出类似棕熊咆哮的声音。"呱啦，呱啦！"冰块破裂的声音传来，地面传来可怕的轰鸣声，巢穴的冰壁发出令人毛骨悚然的挤压声。

"咕唉！"银胡子低吼一声，迅速从冰穴跳进了暴风雪中。

卢拉也本能地感觉到危险即将来临，迅速叼起跳跳的遗骸，蹿进了雪粒纷飞的白色世界。

几乎就在同时，卢拉他们的巢穴的屋顶——一大块冰板被掀开了，窝里铺着的虎头海雕的羽毛被吹散了，转眼间就被大风雪吹跑了。

猛烈的暴风雪向卢拉袭来。他被吹得眼睛都睁不开。即便勉强睁开眼，看到的也只是飞舞的白雪，整个世界白茫茫的。

卢拉调转身体，朝着风吹去的方向前进。逆风前行是根本不可能的。他也没有力气关心银胡子的去向。为了找到一个安全的藏身之地，他只有向前。

顺风前行是明智之举。不过，一阵阵狂风毫不留情地从背后吹来，在卢拉的面前形成了紊流，雪粒吹进了鼻子和耳朵，卢拉甚至无法呼吸。他听见冰块断裂的声音、崩塌的轰鸣声接连传来，到最后卢拉已经分辨不出声音究竟是来自远处还是近处。卢拉艰难地喘息着，在冰上一步一步地前进。

卢拉忽然睁开了眼睛。天空红彤彤的。暴风雪停了，晚霞将天空装点得分外美丽。

卢拉横躺在冰块的后面，一半身体埋在了雪里。如果暴风雪一直吹到半夜，卢拉恐怕早就没命了。晚霞映红了卢拉的身体。

卢拉浑身无力，像是被击垮了一般，在原地躺了一会儿。他感到浑身的骨头都散架了，四肢一点力气都没有。在与暴风雪的搏斗中，他用尽了所有的力气。

他觉得心里怪怪的，好像忘记了什么重要的东西。不是银胡子，那个身强体壮的大叔肯定在某个地方好好活着呢。

卢拉下意识地开始挖雪。茶褐色的毛出现在积雪下方——是跳跳的遗骸。

看见了遗骸之后，卢拉终于松了一口气。他没想到自己竟然一直带着跳跳的遗骸。在随时有可能丧命的暴风雪中，这具遗骸一定是沉重的负担。可即便如此，卢拉仍旧没有放弃。

卢拉站起来，伸出前爪，伸展着后背，打了个大大的哈欠。他将累积在胸中的空气都呼出来后，深深地吸了口气。冰冷的空气从嘴巴进入喉咙，通过气管进入胸腔。然后，他一下瘫倒了，抱着跳跳，沉沉睡去。

一阵喧闹声将卢拉吵醒了。夜色早已褪去，从冰层的裂缝里飘出一团团雾霭。昨天晚上，卢拉疲倦到极点，气力全无，睡得死死的。卢拉的运气很好，昨晚是个宁静的夜晚，没有暴风雪也没有下雪。

卢拉置身于闪闪发光的光之颗粒之中。这种被称作"钻石尘"的微小的冰晶像雾霭一般弥漫在冰面上。钻石尘里挂着一道彩虹，当微风吹过，钻石尘的帷帐轻轻摆动，彩虹也呈现出微妙的波动。

鸟叫声就是从彩虹的对面传过来的。卢拉钻过闪闪发光的钻石尘幕帐，拨开彩虹，向对面走去。

穿过钻石的雾霭，卢拉看见十几只和乌鸦差不多大小的鸟正聚在一起。那种鸟长着朱红色的粗大的喙和脚，脖子和身体上描绘着深灰色的竖条纹。有几只鸟钻进海里捕鱼去了。

卢拉是第一次见这种鸟，便盯着他们看了一会儿。海鹦也被这只突然造访的水獭吓了一跳，瞪大了橡子般圆溜溜的眼睛。

卢拉的肚子咕地叫了一声。他突然感到饿得发慌。"这些家伙看起来很好吃，抓一只来尝尝。"卢拉悄悄加快了脚步，蹑手蹑脚地向前走去。

海鹦全都把脸扭向卢拉的方向，眼睛瞪得溜圆，一副受惊的表情，目不转睛地盯着卢拉。

当卢拉走到距离他们三十米远的地方时，海鹦仿佛得到了某个信号，突然以猛烈的气势呈一条直线朝卢拉冲了过来。

海鹦将一双红色的脚塞进尾翼，就像喷气式飞机将起落架收进机身一样，用极快的速度呈一条直线朝着卢拉飞了过来。一排红宝石长枪斩破长风，刺向卢拉。

"咻——"拿着红宝石长枪的军团从卢拉头顶飞过。卢拉被他们的气势吓到了，早已紧紧地趴在冰面上。

回头一看，只见海鹦排成了一列，笔直地飞向了灰色的天空。一双双红色的脚就像尾翼上点着的红灯，分外耀眼。

"咕——！"可恶，这帮家伙！卢拉感到自己被愚弄了，觉得十分窝囊，发出恨恨的叫声。

卢拉走到海鹦待过的地方。他本以为会剩下几条小鱼什么的，可是他发现自己太傻了。他凑到冰面裂缝边上，想跳进海里去抓几只海天使，可是却停住了脚步，本能告诉他有些不对劲儿。冰板和冰板之间的海面摇晃着，可是这次的晃动和往常有些不一样，好像浮冰正在向卢拉所在的方向涌过来。浮冰漂浮的大海瞬息万变。卢拉完全无法预料大海会在何时变成什么样子。有时他觉得浮冰会分开一会儿，可是反倒粘连在一起了。

若是稀里糊涂地潜入了海中，很可能想要浮上水面时海面却被浮冰封住了。那样的话，一切都完了。恐怕只能沉入冰冷的海底，成为鱼儿们的饵食了。

卢拉转过身，迈开了步子。要尽快找到有海面露出的地方，去捉点什么来吃。

冰原似乎永远走不到尽头，走了很久也没有发现一处裂缝。那场暴风雪的狂风似乎把浮冰群吹到了一起，连成了一片。而且冰面并不平坦，凹凸不平，有山峰，有低谷，走起来十分艰难，花费很多时间也前进不了几步。

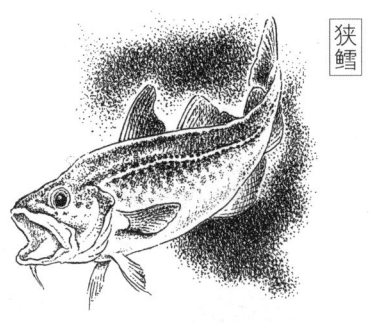

被冰窟窿救了

卢拉在冰原上漫无目的地走了三天。从西伯利亚吹来的北风推着他向前走,他自然会顺着鄂霍次克海一路向南漂流。

卢拉已经精疲力尽了。不知何时起,跳跳的遗骸也被他弄丢了。

在严酷的冰原之旅中,拼尽了力气才能保住性命,曾经那样难舍难分、关系亲密的少女水獭,也渐渐成了他沉重的负担,慢慢失去了带在身边的意义。现在的卢

拉,只是一门心思想着如何才能避免体力的消耗,将生存下去的能量集中到自己身上。

饥饿与寒冷让卢拉的意识变得模糊起来,他像是接到了命令一般机械地行走着。如果现在刮起一阵猛烈的暴风雪,卢拉绝对没有力气抵抗,估计就会曝尸荒野,追随跳跳而去了。

卢拉就像个动力快用完的发条人偶,摇摇晃晃地走着。突然,卢拉仿佛后背上被打了一下似的停住了脚步,将鼻子朝向天空。在冰冷的空气中,他嗅到了一丝春风般温暖的气息。

"血!是血的气味!"卢拉受到了极大的震动,仿

佛全身的血液都在倒流。他的意识一下变清醒了，就像是刮来一阵狂风，将所有的阴霾一扫而光。想要活下去的强烈欲望从他的爪尖一直蔓延到头部。血是生命的源泉，是唤醒肉食动物本能的最有效的灵丹妙药。

卢拉的意识越来越清晰，他用坚定的目光朝气味传来的方向望去，只见白色冰原上点缀着一团黑色物体。是北海狮？还是海豹？不，要是虎头海雕或是白尾海雕就糟糕了。不管怎样，一定是这中间的某一种动物在吃鱼。

卢拉小心翼翼地走上前去，原来是海豹。卢拉知道有一种胡麻斑海豹生活在阿穆尔河河口的海岸边，不过眼前的这只海豹卢拉却从未见过。

那只海豹整个身体的颜色是黑色的,脖子和腰部却都长着一圈白毛。而且他从胸部到腹部还缠绕着白毛组成的带状花纹,就像一个白色圆环,两个前肢也被圈在了环里。他身上的斑纹整体看来就像画了马鞍,这种海豹被称作"环海豹"。

胡麻斑海豹生活在大海沿岸,不过环海豹是海洋性动物,很少登上陆地,一整年都在海中生活。漂着浮冰的大海有许多食物,对环海豹来说是最理想的渔场。

要是北海狮的话,卢拉对他们的脾气性情还多少有些了解,也就不用担心了。可是眼前这只初次见面、长着一身漂亮皮毛的海豹究竟性格如何,卢拉就不得而知了。

他十分谨慎地靠上前去,看见海豹正在吃一条大鱼。卢拉的肚子咕地叫了,嘴里的口水都快流出来了,他已经太久没有闻到这么鲜美的气味了,兴奋地几乎要昏倒了。

美味让卢拉忘记了危险,就像被毒品吸引的瘾君子一般,他一步一步地越走越近。环海豹朝卢拉瞥了一眼,紧接着便若无其事地吃起鱼来,完全忽视了卢拉的存在。

"这家伙对我一点戒心也没有。要是顺利的话,说不定还能把那条鱼抢过来。"海豹虽然在海里能够自由自在地活动，不过在冰上动作却很迟缓，只要作战顺利，卢拉的偷鱼行动应该会成功。

卢拉慢慢蹭到距离这只白脖子海豹三米远的地方，开始寻找时机。白脖子瞥了一眼卢拉，然后低头吃起来，似乎并没有把卢拉放在心上。

卢拉突然有了一个疑问。这个家伙是从哪里弄到这条鱼的？冰原辽阔得没有边际，根本找不到海面露出来的地方。可是，如果没有通往大海的入口，就无法进行捕鱼。在冰块和层层叠叠的冰板后面，一定有通向大海的入口。只要知道了那个地方，应该就能弄到足够填饱肚子的食物了。

只要耐心等待，这个家伙一定会再次出去捕猎，在这之前最好还是忍耐一下。虽然理性是这样思考的，可是胃却表示反对。卢拉的胃已经在迫不及待地催促：快些用食物把我填满吧！卢拉进退两难，不知该如何是好。

远处隐隐传来"布——哈——"的吐气声。白脖子听到这个声音后，立刻便把鱼扔到了一边，拖着沉重的身体迈开了步子。海豹的脚长成了鱼的尾鳍的形状，他便使用两个前肢支撑身体，像雪橇一样在冰面上滑行前进。

卢拉本想立刻冲向被丢弃的鱼，突然又打消了这个念头。别看现在海豹走起来慢吞吞的，一旦有事发生，说不定速度特别快。要是现在慌里慌张地跑去偷鱼，万一海豹返回来了，岂不是偷鸡不成反蚀一把米？所谓急中出错。

可是，令人惊讶的事情发生了。那只黑乎乎的大家伙往前走了二十米，突然一下子消失了。

卢拉还以为自己看错了。他瞪大了眼睛仔细寻找，哪里都看不见白脖子的身影。虽然卢拉不知道发生了什么事，不过最让他高兴的是，那条浑身是血的鱼现在归他所有了。

卢拉猛地蹿了上去，咬住鱼狼吞虎咽起来——要赶在白脖子返回之前把鱼吃光。

卢拉把鱼吃了个精光，然后朝白脖子消失的地方走去。那里有一个直径四十厘米的冰窟窿，底部是海水在荡漾。

"看来那家伙是从这个洞钻进海里的。"卢拉终于弄明白了。他钻进冰窟窿，吧唧吧唧地拍打着海水。卢拉感到很安心。离开了水，水獭是活不下去的。

刚才的那只白脖子海豹是只雄海豹。他在大海里填饱了肚子之后，将抓来的鱼拿到冰上，主要不是为了吃，多半是为了逗弄着玩。这时他突然听见了雌海豹的呼唤声，便把鱼丢到一边，跑去雌海豹那里了。卢拉终于得到了命运女神的眷顾，偶然的机缘巧合救了卢拉一命。

环海豹是在海中生活的高手。在海豹中，他的潜水本领最是了得，甚至能下潜到两百米深的地方。环海豹最爱吃的鱼类——狭鳕常常待在深海里，对环海豹来说，捕捉狭鳕是易如反掌的事。

环海豹在冰面上挖洞，从洞口自由地出入海洋。他们通常会在冰原上挖好几个洞，巧妙地将这些洞当作换气孔来使用。卢拉得以借助这些冰窟窿，潜入海洋捕食。

进入海洋之后，就会发现冰层下面简直就是一个食品市场。在冰藻的丛林中，寄生着大量浮游生物，这就吸引了各种以浮游生物为食的鱼类。不过，有一点卢拉不敢忘记，那就是不能离开洞口很远。他无法像海豹那样长时间闭气，一旦找不到洞口，很有可能淹死。

卢拉下了决心：决不离开白脖子。白脖子是寻找冰面裂缝和浮冰间隙的高手，即便是在没有裂缝的地方，他也会挖一个冰窟窿用来捕鱼。只要有一个通往大海的入口，卢拉就能弄到食物。

幸运的是，白脖子性格温和，从不攻击卢拉。不过，他对卢拉倒也没有特别亲切，无论卢拉在与不在，他的态度都没有什么变化，或许说漠不关心更准确些。如此一来，卢拉就可以自由行动而无须顾及他的感受了，反倒觉得轻松。

有时白脖子会消失不见。他的行踪视海里的鱼的情况而定。他有时会游到很远的地方去。每当这时，卢拉就会拼命地四处寻找白脖子。

有一次，海上刮起了雪夹冰，整整三天都不见白脖子的踪影。那一次，为了找他，卢拉曾徘徊在死亡的边缘。当时卢拉累得一步也走不动，躺在冰面上灰心地想：听天由命吧。就在这时，白脖子的脑袋突然从冰原上冒了出来。卢拉一辈子也忘不了那一刻的欣喜。

玫瑰

看见陆地了!

卢拉与环海豹白脖子奇妙的共同生活仍在继续。虽说是共同生活,也只是卢拉单方面地依附着白脖子生活。对卢拉而言,白脖子是他存活下去的救命稻草,可是对白脖子来说,卢拉只不过是个麻烦的拖油瓶。

不过,不管白脖子多么不在乎卢拉,在白茫茫的冰原上一起生活了那么长时间,白脖子似乎对卢拉也产生了几分亲切的好感。有时他会把吃了一半的鱼或乌贼扔在冰窟窿旁边。他不会放一条完整的鱼,总是会在鱼身上咬上几口，仿佛在说："我可不是特意为你留的。我已经吃饱了，这些都是我扔掉的。"又或许是卢拉想多了，事情也许的确如此。不管怎样，卢拉因此获得了很大的帮助。

一月末的一天，又刮起了雪夹冰。卢拉早已经习惯了，躲在冰板重叠形成的冰穴里，等待着暴风雪过去。

天亮了。暴风雪停了，东方的天空被染成了淡淡的玫瑰红。卢拉从冰穴里爬出来，伸了个懒腰。玫瑰色的天空渐渐明亮起来，地平线慢慢变成了金色。太阳逐渐升起，玫瑰色的天空也变成了蓝色，周围一下亮了起来。

暴风雪过后，是令人难以置信的宁静。东方的天空已经亮得有些刺眼了，卢拉移开了目光，朝南边望去。

卢拉不敢相信自己的眼睛。远方的地平线上，隐约有淡黑色的山脉浮现。卢拉用两只前爪揉了揉眼睛和鼻子，用尾巴和两只后脚做支撑站了起来。太令人难以置信了，终于要抵达陆地了！

卢拉跳了起来，在空中翻转了两三圈。然后，为了弄清楚这究竟是现实还是梦境，他死死地盯着远处浮现的陆地。

没错，那确实是陆地！卢拉满心欢喜，在冰上转着圈狂奔起来。他不知该如何表达心中的喜悦，像疯了似的蹦啊跳啊，在冰面上一圈又一圈地奔跑。

卢拉的身上渐渐暖和起来了。他休息了片刻，眺望着远处浮现的陆地。他忽然想起了银胡子大叔。大叔现在过得怎么样？这段日子他已经完全忘记了大叔。每天都在想办法拼命活下去，根本没有时间想起斯佩特拉河的生活，也顾不上思念跳跳和银胡子大叔。

现在的卢拉已是瘦骨嶙峋。他感到自己瘦弱的身体又重新充满了勇气与活力。这下得救了！终于活下来了！重生的感觉像汩汩涌出的泉水般在他的体内流淌。

卢拉看到的陆地是北海道的网走海岸。卢拉当然对此一无所知。他还以为那是与波里河相连的某处陆地呢。

蓝天上跑出来许多云彩，太阳被遮住了。云彩在空中飞快地流淌，起风了。事不宜迟，卢拉振奋精神，迈出了走向陆地的坚实的一步。

木畑是一位兽医，平时给牛啊猪啊这些家畜看病，闲暇时则研究北海道狐狸。暴风雪吹了两天两夜，他有些担心：狐狸们没事吧？不过当天他太忙了，没时间去看望狐狸。第二天一早，他便早早出门去狐狸洞穴查看情况了。

木畑从吉普上下来，朝着位于鄂霍次克海岸原始花园中的狐狸窝走去。

木畑的目光被玫瑰丛中的一块石头吸引了。木畑对所有的野生动物都感兴趣，不会放过他们任何细微的行为与踪迹。他敏锐地发现，石头上有一条黑色的细长物体。

"咦？这是什么东西？"木畑喃喃自语。他弯下腰，盯着那样东西看起来——是动物的粪便。

最近，日本野生貉在这附近定居了。可是，他们的粪便与眼前这堆完全不同。这堆粪便倒是和貂或鼬鼠的粪便有些相似，但又不一样。难道是养殖的水貂在逃跑时留下的？也不对。

"究竟是什么动物的粪便呢？"木畑百思不得其解，便凑上前去看了起来。那是一堆焦油状的黑色黏稠粪便。木畑大吃一惊，用手捂住了鼻子。他闻到了微弱的麝香味。

他又仔细观察了一下周围，发现玫瑰枝干上留下了轻微的摩擦的痕迹，气味便是从那里传来的。"嗯？难道是灵猫？"这个念头闪过他的脑海，可是日本并没有灵猫。

木畑突然灵光一闪。他在大脑中的知识库里搜索答案时，突然意识到那是水獭的粪便。木畑惊愕不已，一次又一次地否认这个结论。"这不可能，一定是我的脑子出毛病了。"木畑用拳头咣咣地砸自己的脑袋。

木畑如此吃惊是有原因的。水獭在日本已经濒临灭绝，现在只存活于高知县的一部分地区。

水獭曾经广泛地分布在北海道至九州一带，与狐狸和貉一样是随处可见的动物。可是，大正末期至昭和初期，水獭的皮毛被视若珍宝，人们大量捕杀水獭，导致水獭数量急剧减少。

到了昭和二十年（一九四五年）前后，在日本全国已经很难看见水獭的身影。昭和二十五年前后，水獭被认为已经完全灭绝。然而到了昭和二十九年，有人在爱媛县捉到了水獭，人们这才知道还有极少数量的水獭生活在日本。

此后，关于水獭的生存状况调查开始了，最终确认仍然有很少数量的水獭在日本艰难地存活着。现在据说爱媛县境内已经没有水獭了，水獭都生活在高知县。不过这个消息并没有得到证实。

在北海道，水獭也是在昭和初期数量剧减，后来逐渐灭绝了。昭和三十年曾经有人偶然捕获了一只，但随后就再也没有发现水獭的踪迹。现在人们相信，水獭早就已经灭绝了。

说不定水獭还在某个地方生存着——木畑曾经有过这样微弱的希望。于是他便仔细阅读了在高知县进行的水獭生存调查的报告书。报告书上写着，发现水獭的第一线索就是黏稠的焦油状粪便。

虽然他一次次地否定自己，可是看着那团焦油状的粪便，他只能更加坚定地确信那就是水獭的粪便。

"没错，是水獭，一定是水獭！"木畑忍不住叫出了声。

可是，这实在是太令人难以置信了。北海道的水獭早就灭绝了，没想到如今竟然还有幸存的水獭，无法想象。如果这是真的，这将是一个巨大的发现。这意味着他的梦想实现了。木畑按捺住心中的兴奋，像拿起一块宝石一样小心翼翼地端起那团焦油状的粪便，尽量保持原状，放在了纸上。

从那天起，木畑连续三天四处寻找水獭的足迹。只要找到了足迹，用粪便和足迹应该足以证明那就是水獭了。

在第三天的傍晚，他终于在河畔的雪地上发现了疑似水獭的脚印。脚印的大小与日本野生貉的差不多，不过脚印的形状却完全不同。

狐狸和貉属于犬科，行走方式是趾行。也就是说，行走时是脚尖着地，脚印上能够看到脚趾尖、趾甲和脚掌上的肉球的印迹。

动物的行走方式有很多种，人类和猴子等灵长类动物在行走时从脚尖到脚后跟，整个脚掌都着地。熊和鼠类也是如此，这种行走方式叫作跖行。

而介于趾行和跖行之间的行走方式，叫作半跖行。鼬鼠科的动物就是这种情况。水獭在分类上属于鼬科，因此是半跖行的行走方式，脚印中有较大的后脚掌肉球的痕迹。

犬科和鼬鼠科的足迹一眼看去有一个最大的不同，

那就是脚趾的数目。犬科有四根，鼬鼠科则有五根。水獭属于鼬鼠科，留下了五根脚趾印迹，与北海道狐狸和日本野生貉的区别可谓一目了然。

木畑这位敏锐的自然观察者一看到足迹，就知道这既不是北海道狐狸的，也不是日本野生貉的。木畑激动得差点昏倒，瘫坐在河岸的雪地上。

水獭的存在已经是铁一般的事实了。可是，即便他把这个发现公布于众，恐怕也没有人相信吧，在发现实物之前先保持沉默吧。从那天开始，木畑暗暗下了决心：一定要找到那只水獭！

第二天晚上，木畑接到了一个非同寻常的电话。是纹别市的酒友——自然观察员土屋打来的。"我发现了奇怪的脚印。脚趾有五根，不是狐狸的。究竟是什么动物呢？比貂的脚印大不少呢。"

"可能是水獭。"木畑含含糊糊地回答道。

"怎么可能！这里绝不可能有那种动物。你昨天晚上喝多了吧？"

虽然被土屋痛骂了一顿，木畑却没有多说什么。放下电话后，他陷入了沉思。昨天发现的那只水獭绝不可能在一天之内跑到九十公里以外的纹别去，而且那边的脚印比他发现的脚印要大出一圈。这也就意味着，有两只水獭。绝对不可能！这也太不合情理了！木畑想得头都疼了。

看见陆地了！

又有谁会想到,有一只长着银色胡须的水獭从阿穆尔河乘着浮冰一路漂流到了纹别呢!

"呼——"圆号般的声音叫了两声,是受伤的毛腿渔鸮,木畑正在为他治疗。等伤好了,木畑打算把他放了。

"对了,忘了给你喂食了,我马上就过去。"木畑嘟囔着,一仰脖儿喝干了冷酒,走出了屋。屋外,雪粒纷飞,寒风呼啸着吹过。

关于日本水獭

日本水獭曾经广泛而大量地存在于北海道至鹿儿岛县境内。由于日本水獭头部扁平，喜爱从水面探出头来，也有说法认为它是日本传说中河童的原型。在日本的民间传说中，水獭和貉、狐狸一起被认为是有灵性的动物，自古以来就为人们所熟悉和喜爱。

相传在明治中叶以前，就连东京的荒川都曾是水獭的栖息地。然而从大正到昭和初期，人们垂涎于水獭的毛皮，大量捕杀水獭，很快水獭的身影就消失了。一九二八年以后，日本政府下令禁止猎杀水獭，然而为时已晚，水獭灭绝的速度与日递增。一九五四年在和歌山县友岛发现的水獭踪迹成了水獭在本州岛生存的最后一次记录。在北海道，一九五五年有过一只水獭被捕获的记录，自那以后便再也没有消息了。

最后就剩下四国了。战后，香川县至爱媛县的濑户内海沿岸，以及四国西海岸至高知县足摺海角的海岸上曾经生存着相当数量的水獭。然而，由于填海造地、护岸工程和喷洒农药等原因，香川县和爱媛县的水獭分别在一九四八年和一九七五年相继灭绝了。一九六七年，水獭被指定为特级自然保护动物，可是日本政府并没有采取有效的保护措施。

于是唯一的希望寄托在了高知县。然而，人们最后一次看见水獭是在一九七九年的须崎市，自那以后虽然开展了细致的调查，却仍然没有发现水獭的身影。不过，人们有时会发现粪便等能够证明水獭存在的痕迹，最近的一次发现是在一九九九年三月，高知大学的町田吉彦教授在佐贺町海岸发现了水獭的粪便。所以人们相信在高知县西南海岸附近至今还生存着很少数量的水獭。

我曾经有幸两次亲眼见过日本水獭。一次是在爱媛县御庄町的水塔村，那个村子为了保护水獭，在海边装上了栅栏。还有一次是在道后动物园。这两次所见的水獭都是饲养的，并非野生水獭。虽然这一点令人遗憾，但仍旧给我留下了美好的回忆。

道后动物园的清水荣盛园长热心于日本水獭的保护与研究。如果没有他，日本水獭的生态早已葬送在黑暗之中了。一九五六年，园长在佐田海角捕获了一只掉入贮粪池的老年雌性水獭。随后，从一九六〇年开始，他又饲养了一只两岁的雄水獭和一只出生不足一月的雌水獭。园长救助的这些水獭都受了重伤，不过随着它们的成长发育，我们获得了关于水獭体重增加率等许多重要的数据。

清水先生以饲养研究和野外调查的结果为主要依据，同时对比外国的水獭，写出了有关日本水獭生态和保护的著作《日本水獭物语》（昭和五十年，爱媛新闻社）。令人遗憾的是，清水先生还没来得及看到这本书的出版就去世了，不过这本书成了有关日本水獭的最优秀的科学书籍，我也从中获益良多。虽然我与先生只有一面之缘，但我永远也忘不了他那慈祥的笑容。我想在此奉上诚挚的谢意。

让濒临灭绝的日本水獭复活，是我写作这本书的动机之一。现在，也只有北海道能够让日本水獭过上自由自在的野生生活了。将捕获的水獭放归自然并让其繁殖虽然也不失为一种方法，不过最好还是让野生的日本水獭凭借自己的力量扩大种群，繁衍后代。

忽然，我有了一个有趣的想法。在阿穆尔河出生的水獭乘着浮冰漂流到北海道——这是个颇为浪漫的故事，单是想象就已经很吸引人了。

可是，在构思的过程中，我突然走不下去了。南极和北极的浮冰是以大片冰层的形式在海上漂浮，而鄂霍次克海的浮冰群却完全不同，有着特殊的性质。乘坐阿穆尔河形成的浮冰踏上旅途的水獭究竟能否一路漂流至北海道呢？当然，在这列浮冰列车上，他必须进行多次换乘。

我去网走海岸观察浮冰时，拜访了位于纹别的北海道大学低温科学研究所浮冰研究室主任青田昌秋教授。青田先生出版过一本面向儿童的优秀图书《白色大海，冰冻大海——神奇的鄂霍次克海》（东海大学出版社）。书中使用了大量图片，将高深的内容讲得十分浅显易懂，我从中收获良多。

我向青田先生询问，水獭能否从阿穆尔河河口乘坐浮冰来到北海道？由于我这个问题过于唐突，最初先生十分困惑，不过随后先生就爽快地向我讲述了鄂霍次克海浮冰的故事，并断言："有这个可能。"于是，我顿时信心大增，相信自己能够写好这个水獭的故事。在这里，请允许我向青田先生表示感谢。

接下来，我向大家介绍一下水獭是怎样的动物。

水獭属于鼬科水獭亚科。水獭亚科共有七属十三种，分布在世界各地。水獭居住在水边，主要食物是鱼类、水鸟和水生动物。

日本水獭是欧亚水獭的一个亚种。欧亚水獭广泛栖息于冻土带以南的欧亚大陆和非洲北部。或许很多人都读过以英国为舞台的亨利·威廉姆森的名作《水獭塔卡》。在那之前，欧亚水獭广泛栖息于英国等欧洲国家，并被人们熟悉和喜爱。然而，滥捕滥杀和生存环境的恶化导致欧亚水獭濒临灭绝。幸好，英国、德国和瑞典等国对水獭的保护与拯救已经获得了成功。我希望日本的水獭也能努力存活下来。

欧亚水獭的主要生活地点是河流和湖泊，不过它们也会在海岸边生存，并捕食大海里的鱼类和贝类。欧亚水獭广泛地分布于欧洲至西伯利亚的广阔地带，由此可见它们是一种适应性极强、生活能力很高的动物。所以它们能够适应各种环境，并根据环境的不同呈现出不同的生态。

一般来说，雄性和雌性是单独生活的。雌性拥有自己的行动区域，区域之间互相不重叠；雄性则拥有包括多只雌性行动区域在内的更大的行动区域。它们多在夜间活动，但白天也会有较多活动。日本水獭就曾被观察到白天在岩石上玩耍。

此外，也有水獭根据环境结成集团生活。在英国的设得兰群岛，雌水獭就结成集团，整个集团拥有一个行动区域。不过，虽说是集团，但也并不像日本猕猴那样所有成员聚集在一起组成一个群落，作为一个群落统一行动。雌水獭仍旧拥有自己活动的中心区域，并且不会与其他成员相重合。雄性拥有覆盖多个雌性集团的巨大行动区域，不过雄性水獭之间的行动区域常常重叠，并不带有太明显的地盘性质。这个岛上的水獭是在白天活动的，住在海岸区域的水獭大多是昼行性动物。

遗憾的是，我们对日本水獭的生态与社会几乎一无所知。不过，清水园长查阅了关于欧亚水獭的外国研究，推测出日本水獭与大陆上的欧亚水獭的生态基本一致。

Kawai Masao No Doubutsuki (2) kawauso Ryuuhyou No Tabi
Copyright © 2000 by Mato Kusayama & Keiko Kanao
First Published in Japan in 2000 by FROEBEL-KAN COMPANY,LIMITED.
Simplified Chinese edition copyright © 2025 by Beijing Dandelion Children's Book House Co., Ltd.
Through Future View Technology Ltd.
All rights reserved

版权合同登记号 图字：22-2023-044

图书在版编目（CIP）数据

冰海漂流的水獭 /（日）草山万兔著 ；（日）金尾惠子绘 ；孙雅甜译. -- 贵阳 : 贵州人民出版社, 2025.4
（世界动物小说）
ISBN 978-7-221-18255-5

Ⅰ.①冰… Ⅱ.①草… ②金… ③孙… Ⅲ.①长篇小说－日本－现代 Ⅳ.①I313.45

中国国家版本馆CIP数据核字(2023)第257218号

SHIJIE DONGWU XIAOSHUO
BINGHAI PIAOLIU DE SHUITA
世界动物小说
冰海漂流的水獭
[日]草山万兔 著　[日]金尾惠子 绘　孙雅甜 译

| 出 版 人 | 朱文迅　策　　划　蒲公英童书馆 |
| 责任编辑 | 颜小鹂　张宁健　装帧设计　王学元　曾　念　责任印制　郑海鸥 |

出版发行　贵州出版集团　贵州人民出版社
地　　址　贵阳市观山湖区中天会展城会展东路SOHO公寓A座（010-85805785　编辑部）
印　　刷　鸿博昊天科技有限公司（010-87563716）
版　　次　2025年4月第1版
印　　次　2025年4月第1次印刷
开　　本　880毫米×1250毫米　1/32
印　　张　7
字　　数　125千字
书　　号　ISBN 978-7-221-18255-5
定　　价　39.80元

如发现图书印装质量问题，请与印刷厂联系调换；版权所有，翻版必究；未经许可，不得转载。
质量监督电话　010-85805785-8015